...ways and exclusively freedom for the one who thinks differently.

SPECULARI

Freedom is always and exclusively freedom

for the one who thinks differently.

SPECULARI

日本文豪一〇〇年

說作家的怪誕，聊作家的文學！

作者——戶田一康
Kazuyasu Toda

前言

——文學？（只看幾頁就想睡覺的那種嗎？）
——近代？（我不喜歡歷史耶！）
——文豪？（一定是嚴肅可怕、無聊無趣的老傢伙吧！）

如果您是上述這麼想的人，
您就是我想推薦此書的人。

這本書主要介紹的是日本近代文學七大文豪的生平故事及軼聞趣事。
裡面敍述的內容一定會改變您曾經對「文豪」兩個字所擁有的形象。
甚至可能會改變您對日本人的刻板印象！

從一般道德的角度來看，他們不是好人而是壞人。
從一般常識的角度來看，他們不是偉人而是怪人。
甚至是貨真價實的精神病患……。

怎麼會有這麼奇怪的人？
怎麼會有這麼特別的愛？
怎麼會有這麼悲慘的事？
怎麼會有這麼神奇的運？

因為他們是文豪之故？
因為這樣才能叫文豪？

這是一個謎。
雖然有點微妙複雜，
但有趣而充滿魅力。

我希望您能解開這個謎。
我希望您能享受這個謎。

可能您會笑話他們。
可能您會氣憤他們。
可能您會熱愛他們。
可能您會憎恨他們。
也許還為他們哭泣。

如果您想嘗試體會文豪的謎樣世界，
這就是我為您精心準備的揭密指南。

戶田一康

PART 1

貼近・日本7大近代文豪

風趣又富含哲理的漱石、嚴肅的鷗外；唯美的谷崎、天才芥川龍之介；
被視為日式美感象徵的川端、反覆與女性殉情的太宰，以及剛強的三島，
長久以來，我們總是從正面去看這些日本文學史上的代表人物，
以及他們的作品。

——現在，我們要換一個角度，繞到他們背後去，
偷偷觀察這些作品形成的過程，以及他們，為什麼會成為日後的「他們」。

序章

近代，近代的作家，與近代的那些事

日本文學史上，「近代」可說是一個燦爛、卻又混亂的時代。

說它燦爛，是因為這個時代涵蓋日本最重要的轉變期。這個轉變期是政治的，也是社會的，更是思想的。

傳統的日本與歐美傳進來的「進步思想」既融合，也碰撞。

其中的火花有時會是森鷗外，有時，則以芥川龍之介的方式呈現。

而說它混亂，則是因為這個時代涵蓋兩次大戰。

社會的動盪與不安，對一些作家造成影響，也對另一些作家造成衝擊。有些作家彷彿置身事外。

而也有一些作家，選擇在被捲入之前，就逃開。

近代小說的概念

坪內逍遙在《小說神髓》（一八八五年）中將「novel」翻譯成「小說」。此後在日本，「小說」便不是指中國的「白話小說」，而是代表西方的「近代小說」，也是一門藝術。

近代小說的創始者

日本第一個定義近代小說的人是坪內逍遙，而第一個創作近代小說的則是二葉亭四迷。二葉亭四迷自一八八七年（明治二十年）起連載長篇小說《浮雲》，首次成功以「言文一致」（類似白話文之意）的文體描寫人性的複雜心理。

自然主義文學

原指十九世紀的歐洲文學思潮，歐洲自然主義文學的特色是將科學方法應用在文學作品上。明治三〇年代的日本文壇，受到法國自然主義的代表作家左拉※影響，自然主義文學於一九〇六年（明治三十九年）至一九一〇年（明治四十三年）成為文壇主流。

島崎藤村《破戒》（一九〇六年）描述社會的歧視問題、田山花袋《棉被》（一九〇七年）透過作者對於女性問題的「自白」，揭露出人性醜陋的一面……皆是日本自然主義文學的代表作。《棉被》以後，「作者自白」的寫作手法開始流行，日本自然主義於是往「私小說」的方向發展。

私小說

「私小說」這個用語，從一九二〇年（大正九年）至一九二一年（大正十年）開始廣為使用。一般認為私小說中的故事敍述者「我」（私）等於作品中的主角，也等於作者本身。雖然在明治時期尚未有私小說的說法，但是從內容來看，田山花袋《棉被》被認為是私小說的濫觴。

葛西善藏《悲哀的父親》（一九一二年）描寫極度貧困的生活、志賀直哉《和解》（一九一七年）描述與父親長期的不和睦與和解、島崎藤村《新生》（一九一八年—一九一九年）暴露與姪女發生性關係、宇野浩二《苦的世界》（一九一九年—一九二〇年）以輕鬆有趣的文體描寫與一位歇斯底里女性的悲慘同居生活……皆是私小說的代表作。

高踏派

日本兩大文豪——夏目漱石與森鷗外，被稱為「高踏派」。一九〇七年（明治四十年）後，自然主義文學成為文壇主流，然而漱石與鷗外超然不群，走出自己的寫作風格。余裕派・高踏派不僅代表他們的創作態度，也與其社會地位有關——漱石為前東京帝國大學教授，鷗外則是軍醫總監。

耽美派

以內容而言，「耽美派」是一種追求「美」、享受現代文明生活的都會文學。而從文學史的角度來看，耽美派是基於對自然主義文學的反彈所誕生。

一九〇八年（明治四十一年），詩人北原白秋與和歌①詩人吉井勇等人組成「潘②之會」，在一九〇九年（明治四十二年）創刊文學雜誌《昴》，於是耽美派文學成為一種文學運動。

小說家中，永井荷風與谷崎潤一郎被歸為代表耽美派的作家。永井荷風《美利堅物語》（一九〇八年）與谷崎潤一郎《刺青》（一九一〇年）皆是明治時期耽美派文學的代表作。

新技巧派

芥川龍之介與菊池寬等人為「新技巧派」的代表作家。他們的作品多半取材於古典文學或歷史，展現出高技巧的新作風，同時也都是《新思潮》同人成員，另稱為「新思潮派」。代表作有芥川龍之介《羅生門》（一九一五年）、《鼻子》（一九一六年）、《地獄變》（一九一八年）、菊池寬《忠直卿行狀記》（一九一八年）等。

① 歌：總共三十一個字的日本傳統定型詩。

② 潘（Pān）：希臘神話的享樂之神。

新感覺派

一九二四年（大正十三年）創刊的同人誌《文藝時代》為大正文壇注入一股新風氣，由評論家千葉龜雄取名為「新感覺派」。他們受到「現代主義」[3]的影響，以新奇的比喻與擬人法為特色。其中，代表作家有川端康成與橫光利一。代表作有川端康成《招魂祭一景》（一九二一年）與《伊豆的舞孃》（一九二六年），橫光利一《日輪》與《蒼蠅》（皆一九二三年）等。

無賴派

太宰治、坂口安吾、石川淳、檀一雄等人為「無賴派」。這個名稱來自於太宰治在一九四六年（昭和二十一年）的一句話：「我反抗束縛，我是無賴派。」這群人都於一九三五年（昭和十年）左右出道，在戰後的混亂期展現反抗舊道德與權威的創作態度，受到年輕人的熱烈歡迎，一躍成為時代的寵兒。

代表作有坂口安吾《墮落論》、《白痴》（皆一九四六年）、太宰治《斜陽》（一九四七年）與《人間失格》（一九四八年），檀一雄《律子・其愛》《律子・其死》（皆一九五〇年），石川淳《紫苑物語》（一九五六年）等。

※ 埃米爾・左拉（Émile Zola；一八四〇年—一九〇二年）：十九世紀法國自然主義代表作家。代

表作有《娜娜》（*Nana*）、《小酒店》（*L'Assommoir*）等。

③ 現代主義（Modernism）：第一次世界大戰後的歐洲前衛藝術運動。

第一章

夏目漱石

Sōseki Natsume

- 生卒年　一八六七年（慶應三年）—一九一六年（大正五年），四十九歲
- 出生地　東京
- 派別或主義　高踏派
- 代表作　《我是貓》《少爺》《三四郎》《後來的事》《心》《明暗》

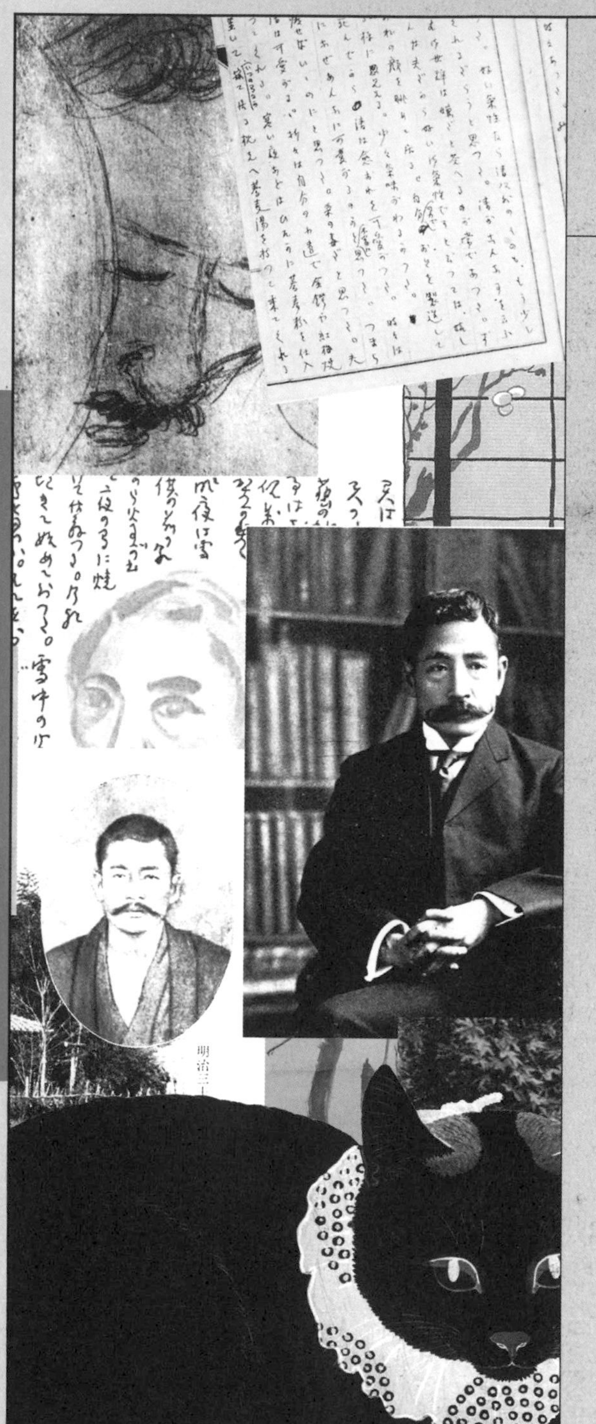

瘋狂又浪漫的大文豪

你可能知道文人墨客的漱石老師，
但是你應該不知道像個瘋子的天才——夏目老師！

以上是芥川龍之介《闇中問答》中的一節。

一般而言，夏目漱石的形象是什麼呢？

夏目漱石是日本近代文學中最偉大的文豪，也被稱為「國民作家」。所有日本人都知道他的名字，大多數的人都看過他的作品。

例如，日本的高中國語課本一定會收錄一部分漱石的畢生名作《心》（一九一四年），日本千圓紙鈔上也曾印有漱石的肖像圖④。

先不論文學愛好者，一般而言廣受歡迎的是初期幽默作品《我是貓》（一九〇五年）與《少爺》（一九〇六年）。其中最膾炙人口的《少爺》，已經多次改編為電影或電視劇⑤。雖然千圓紙鈔上的漱石十分嚴肅，然而若只讀過他的初期作品，對他的印象應該僅

---

④ 一九八四年至二〇〇三年，日本千圓紙鈔上印的肖像是夏目漱石。

⑤ 改編自《少爺》的影視作品不勝枚舉，二〇一六年，為紀念漱石逝世百年，富士電視臺推出二宮和也主演的新春日劇ＳＰ《少爺》；ＮＨＫ也推出《夏目漱石之妻》，劇中由長谷川博己飾演神經質的漱石。

止於「幽默風趣的小說家」。

不過……其實漱石正如芥川龍之介所述「像個瘋子」，而且有時還是個不折不扣的「瘋子」。知道這等真面目的只有和他比較親近的人，例如摯友正岡子規※、稱他為「老師」的芥川龍之介等人，另外就是家人。

尤其是家人……他們在「家」這個封閉空間裡，要面對漱石最可怕的一面。在詳述這點之前，我們先看看漱石的成長過程。

※ 正岡子規（一八六七年—一九〇二年）：日本傳統定型詩「俳句」與「短歌」的改革者。在東京帝國大學認識夏目漱石，此後成為摯友。因罹患肺結核，最後七年幾乎臥病在床，但仍不放棄寫作，在日本近代文學史上留下足跡。代表作有評論《歌論書》，散文《墨汁一滴》、《病床六尺》等。

⋮⋮　⋮⋮　⋮⋮

夏目漱石出生於一八六七年（慶應三年）二月九日，隔年年號改為明治，所以漱石的足歲年齡與明治的年數一致。

漱石，是個沒人要的孩子。

他出生時，夏目家已經有四男三女。在當時的社會，只有長子才享有特別待遇，第八個么子是完全沒必要的存在。因此，漱石出生後沒多久就被遺棄，送到二手雜貨攤販的窮夫妻家寄養。根據漱石自身的回顧，當時的處境如下：

每個晚上我都被丟在竹簍裡，與那些不值錢的二手雜貨一起擺在四谷大馬路旁的夜市。有一天，我姊姊有事外出而順道路過，她看我這個樣子覺得於心不忍，直接把我抱回家。據說那天我嚎啕大哭了一整晚，完全無法入睡，姊姊因此被父親臭罵一頓。（《玻璃門內》）

未來的大文豪，居然被丟在夜市攤的竹簍裡！

這位救漱石的「姊姊」叫做房，兩人同父異母。如果她沒有帶弟弟回家，此後漱石的人生會變成什麼樣子呢？把心地善良的姊姊「臭罵一頓」的父親也真是過分。夏目直克是漱石的親生父親，但對這個老么卻毫無關愛之情。

隔年，漱石成為鹽原昌之助的養子。這次是以嗣子的身分被鹽原家收養，所以受到較好的待遇。根據自傳式作品《道草》（一九一五年）的描述，無論再昂貴的玩具，只要漱石說想要，養父母便二話不說買給他。然而漱石寫道：「那份愛卻有著奇怪的代價。」

「你爸爸是誰？」

健三看著島田，用手指向他。

「那麼，你媽媽是誰？」

健三看著常，又用手指向她。

他們對於健三的表現還算滿意，於是改用別的方式詢問同樣的問題。

「那麼，你真正的父母到底是誰？」

健三雖然不是很願意，但只好重複同樣的答案，而且不知為何他們很高興。他們互看一眼，偷偷笑著。（《道草》）

《道草》採小說形式，書中人名也做了修改，但這裡的「島田」指的便是「鹽原」，內容來自漱石的經驗與記憶。

一八七六年（明治九年）養父母離婚，滿九歲的漱石回到夏目家，但是他在戶籍上仍屬於鹽原家。一八八七年（明治二十年），漱石的處境大為改變——夏目家的長男大助和次男直則罹患結核病逝世，三男直矩晉成為嗣子，加上四男夭折，原本身為五男的漱石因此成為實質上的次男。

直克擔心直矩有個什麼萬一，於是將漱石恢復夏目家的戶籍。最初鹽原昌之助拒絕了這個要求，最後卻以二百四十圓的扶養費吞下這個條件。換言之，曾經被遺棄的「沒人要的孩子」漱石，是用二百四十圓買回來的。

夏目漱石的學業成績極為優秀，一八八八年（明治二十一年）以全校第一名畢業於第一高等中學[⑥]預科[⑦]，進入本科[⑧]。隔年認識了畢生的摯友正岡子規。一八九〇年（明治二十三年），他進入東京帝國大學英文系。在菁英群集的東大英文系裡，漱石的成績傑出，受英文系詹姆斯・迪克遜（James Dixon）教授委託，將日本古典文學《方丈記》翻譯成英文，其成果備受迪克遜讚賞。

大學在學時，漱石在東京專門學校（現在的「早稻田大學」）擔任講師。一八九三年（明治二十六年）大學畢業後直接進入研究所。當時的大學錄取率不到一％，在這樣的狀況下還能進研究所深造，正是菁英中的菁英。

雖然在東京有許多高薪工作等著他，漱石卻在一八九五年（明治二十八年）四月突然赴四國松山的愛媛縣尋常中學[⑨]任教。有人説他之所以離開東京與他的初戀有關，關於這

⑥ 第一高等中學：一八八六年（明治十九年）設立，一八九四年（明治二十七年）改為第一高等學校。明治時期設立的東京「第一」、京都「第三」、熊本「第五」等名稱中有數字的國立高等學校，又稱為「number school」，都是官僚、政治家輩出的菁英高中。

⑦ 預科：類似現在的國中。

⑧ 本科：類似現在的高中。

⑨ 愛媛縣尋常中學：一八九九年（明治三十二年）改名為松山中學。在這所中學的教學經驗，爾後成為漱石文學中最膾炙人口的《少爺》題材。

點會在後段介紹。

至愛媛縣尋常中學就任沒多久，發生了一件軼聞趣事。班上某個學生想欺負新任教師，在課堂中指出漱石的解釋與辭典有所不同。當下，漱石淡定地說：「那是辭典錯了，你要修改辭典的內容。」學生因而無話可說。這位學生叫真鍋嘉一郎※，後來成為名醫，也是漱石晚年的主治醫生，漱石臨終前都是由他看診。

在這個時期，漱石與中根鏡子※相親。根據漱石的次男夏目伸六《父親——夏目漱石》（一九六四年）中的記述，相親結束後，哥哥問他覺得對方如何，漱石這麼答道：「那個女的牙齒凌亂不好看，但是在我面前毫無隱藏，這點我很喜歡。」真不愧為文豪，看上一個人的理由也很特別。

一八九六年（明治二十九年），漱石被聘為熊本第五高等學校⑩的教師。四年後的一九〇〇年（明治三十三年）五月，被文部省⑪指派留學英國兩年，九月八日出航前往倫敦，就此展開了他「最不愉快的兩年」倫敦留學生活。

※　真鍋嘉一郎（一八七八年—一九四一年）：東京大學醫學系教授。從德國引進內科物理療法。

※　中根鏡子（一八七七年—一九六三年）：貴族院⑫書記官長中根重一之女。

⋮⋮⋮

⋮⋮⋮

⋮⋮⋮

「最不愉快的兩年」到底是什麼樣的日子呢？

夏目漱石在英國留學期間多次寫信給摯友正岡子規，子規將這些信刊登在《杜鵑》[13]上，這就是《倫敦消息》（一九〇一年）。

所有我碰到的人個子都特別高。（中略）迎面來了一個矮得超乎想像的傢伙（中略）擦身而過時，發現他高我六公分。接著走來一個臉色怪異的一寸法師，竟然發現他就是映照在全身鏡上的[14]自己！我只好苦笑，他也跟著苦笑。（《倫敦消息》）

⑩ 第五高等學校：前身是一八八七年（明治二十年）設立的第五高等中學，一八九四年（明治二十七年）改名為第五高等學校。

⑪ 文部省：「省」是日本的中央行政機關。文部省掌管學校教育、社會教育、學術文化，二〇〇一年（平成十三年）改名為文部科學省。

⑫ 貴族院：《明治憲法》所規定的帝國議會，一八九〇年創立，一九四七年廢止。

⑬ 《杜鵑》：俳句的專門雜誌。一八九七年（明治三十年），柳原極堂在四國松山市創刊，隔年將發行地點移到東京，以正岡子規、高濱虛子等人為中心展開「俳句革新運動」。登刊漱石的《我是貓》一舉，也提升了該雜誌在日本近代文學史上的重要地位。

⑭ 在原文中，這裡的「我」使用「乃公」一詞。乃公是明治時代的男性第一人稱，給人自大傲慢的感覺，這裡使用這個語彙帶有自嘲式的幽默。

看似幽默的文章卻流露出苦澀——漱石在歐洲人之間感到自卑。

漱石將文部省的留學獎學金統統花在買書上，平時生活省到極點，在寄宿家庭的房間裡閉門不出，埋首研究。個性太過認真，導致嚴重的神經衰弱。「寄宿家庭的女主人說我壞話，僱用偵探監視我！」據說他不斷受到這樣的被害妄想折磨，在房裡暗自哭泣。事情已經嚴重到另一位同樣為文部省指派來的留學生，也被漱石的異樣驚嚇到而打電報回日本：「夏目發瘋了！」

一九〇二年（明治三十五年）十二月五日，漱石告別兩年的留學生活，離開倫敦。那年九月，正岡子規辭世。隔年一月二十二日，漱石回到日本。妻子鏡子忐忑不安地迎接漱石，因為她已經得知他發瘋的傳聞。然而，她見到一身英國紳士打扮的漱石，看起來並沒有什麼奇怪之處。

相安無事過了兩、三天，就在鏡子開始稍稍放心時，發生了一件事。

漱石看到火盆邊上有一枚五厘[15]硬幣，突然賞了坐在那裡的四歲長女筆子一巴掌，筆子於是放聲大哭。鏡子嚇了一跳，問漱石發生了什麼事，漱石說道：「某天我在倫敦散步，給了路上的乞丐一枚銅板。回到寄宿家庭上廁所時，發現那枚銅板就放在廁所的窗邊！乞丐就是寄宿家庭女主人僱用的偵探，那個壞女人為了讓我心生恐懼，故意把那枚銅板放在廁所！這傢伙居然跟她做一樣的事，真是壞孩子……」

鏡子完全聽不懂漱石說的話。

此刻開始，鏡子便過著地獄般的生活。

精神科醫生診斷夏目漱石罹患「妄想性憂鬱症」，而且是週期性發作，精神狀態佳與不佳時可說完全判若兩人。

漱石的精神病最糟的時候是一九〇三年（明治三十六年），此時鏡子懷了第三胎，因此只好帶著長女筆子、次女恒子，和漱石分居了兩個月。

漱石的妄想性憂鬱症有什麼樣的症狀呢？根據鏡子的《回想的漱石[16]》（一九二九年），發作時的漱石如下：妄想造成的幻覺讓漱石感到害怕，夜裡難眠。半夜甚至會隨手抓東西亂丟，或赤腳衝向冷颼颼的庭院，神經也變得極為敏感。在家用餐時，小孩要是不經意唱起歌，漱石便怒吼：「吵死了！」然後直接翻桌。過了不久又好像什麼都沒發生過似的，安安靜靜坐在書房的書桌前。

不管是在英國還是在日本，漱石的妄想都有個共同點——被偵探監視。

⑮ 一厘等於一日圓的千分之一。

⑯ 《回想的漱石》：一九二九年（昭和四年）出版，夏目鏡子口述、松岡讓記錄。松岡讓曾和芥川龍之介一起創刊《新思潮》，後來與夏目筆子結婚，成為鏡子的女婿。

留學歸國後的漱石開始懷疑住家對面二樓的學生是偵探，於是每天早上趴在書房窗邊，似乎想先發制人做些什麼。他會朝著學生的房間大喊：「喂！偵探先生，今天你幾點要去上課？」「偵探先生，今天幾點要出門？」用完早餐後，他又變回正經八百的大學教師出門上課。真不知道這種狀態該說悲慘還是滑稽。

當時，漱石在第一高等學校與東京帝國大學英文系任教。東大英文系的前任教師拉夫卡迪奧・赫恩※十分受學生歡迎，然而校方卻不續聘赫恩，學生對此表示抗議，他們的憤怒便自然轉向到新任教師漱石的身上。這種精神壓力讓漱石的症狀更加惡化。

漱石是如何脫離這個極糟糕的狀況呢？那多虧了鏡子的愛與一隻帶來好運的貓。

※ 派屈克・拉夫卡迪奧・赫恩（Patrick Lafcadio Hearn：一八五〇年—一九〇四年）：日文名為「小泉八雲」。作家、英文學者。父親為英國人，母親為希臘人。一八九〇年（明治二十三年）來日，與小泉節子結婚，取得日本國籍，在東京帝國大學等學校教授英文與英國文學，並創作介紹日本文化的書。代表作有小說《怪談》、散文《心》。

⁘ ⁘ ⁘

一般而言，大家都認為鏡子是惡妻，但實際調查之下，並沒有足以斷言她是惡妻的具體證據。

夏目漱石逝世後，弟子小宮豐隆※等人將他神化，被神化的漱石與鏡子回想的漱石之間產生了差距。看來真相是，將漱石神化的一群人為了主張自己的正當性，而在鏡子身上貼了「惡妻」的標籤。

從客觀角度來看，如果不是鏡子陪在漱石身邊，他哪談得上成為文豪，或許連普通生活都過不了。

在漱石精神病發作時，最大的受害者就是鏡子。鏡子的父母擔心女兒，便勸她：「丈夫得了精神病實在沒辦法，跟他離婚吧！」那時，鏡子的回答如下：

> 夏目確定罹患精神病，那麼我更不應該離開這個家。（中略）要是我自己回了娘家，的確能確保我個人的安全，可是被留下的孩子和我先生要怎麼辦呢？夏目確實生病了，就算無能為力，我還是要在他身邊照顧他，這才是妻子該做的不是嗎？（中略）不管被先生討厭還是被他打，只要我留在這裡，一旦有緊急狀況，至少還可以為大家做些什麼。如果我只考慮個人安全，真不知道大家會變得多悲慘。一想到這點，我就不可能離開這個家，一步都不離開！（夏目鏡子《回想的漱石》）

聽到女兒這麼說，父母便不再提離婚的事。

一九〇三年（明治三十六年）初夏，一隻出生不久的黑貓偷跑進夏目家。鏡子討厭貓，立刻把牠揪出門外。但奇怪的是，不知道已經把牠丟出去多少次，過一會兒，又會發現牠窩在家裡。鏡子感到十分困擾，決定請別人把牠丟到遠方。此時，漱石正巧從書房裡走出來，那天他處於少見的良好狀態。「既然牠這麼喜歡我們家，那就收養牠吧！」他說。

這就是漱石與無名貓命運般的相逢。

> 既然一家之主都這麼說了，我只好放棄趕走牠。此後那隻貓開始洋洋得意，（中略）早上夏目趴著看報紙時，牠會悄悄走去，窩在主人背上的正中央，還裝模作樣。（夏目鏡子《回想的漱石》）

漱石背上有隻小貓——多麼溫馨的畫面。

就這樣，這隻貓成為夏目家的一分子。

某天，一位定期來夏目家按摩的老婆婆說：「這是隻很少見的福貓！繼續把牠養大，府上一定會繁榮昌盛！」據說理由是「牠全身連爪子都是黑色的」[17]。

這位老婆婆的預言成真。漱石就好像頓悟一般，開始了以這隻貓為主角的小說創作。

> 我[18]是貓，沒有名字。

這就是《我是貓》開頭第一行。第一回於一九〇五年（明治三十八年）一月登刊在《杜鵲》，大受好評。漱石一旦開始寫作便文思泉湧，一篇接著一篇，速度異常之快。正如芥川龍之介的形容，這就是「天才夏目老師」。

他寫作時的模樣看起來樂在其中，（中略）在我的印象中，像《少爺》、《草枕》等長篇作品，一旦開始執筆只要五天，再長不到一週就完稿了。（夏目鏡子《回想的漱石》）

寫小說時的漱石非常樂在其中！長期受被害妄想折磨的他，終於找到「快樂」的事情。

一九〇七年（明治四十年）三月，滿四十歲的漱石向東京帝國大學和第一高等學校提出辭呈，成為朝日新聞社的專屬作家，此後，他的小說全都發表在《朝日新聞》。當時，小說家在社會上的地位不高，而帝國大學教授居然改行做小說家，從常理而言是不可能的事，因此引起話題。

一九一六年（大正五年）十二月九日，漱石在《明暗》連載期間因胃潰瘍而過世。作家生涯僅十年，然而其作品全都是留名於日本文學史上的傑作與名作。這段充實的十年只

⑰ 據鏡子所述，乍看之下這隻貓的毛色是一身接近灰色的暗黑色，但其實仔細一看，卻有著像虎斑的花紋。

⑱ 在原文中，這裡的「我」使用「吾輩」一詞。吾輩是男性第一人稱，帶有自豪的意味。然而書中的主角貓沒有名字，還自稱吾輩，於是產生一種獨特的幽默。

能以奇蹟來形容。

日本近代文學中最偉大的文豪夏目漱石，逝世至今已一百多年，仍是最受日本人喜愛的國民作家。

他所創造的奇蹟，尚未結束。

※ 小宮豐隆（一八八四年—一九六六年）：德國文學研究家、評論家。拜漱石為師，《漱石全集》編輯委員之一。

Episode 1 這隻貓是第幾代？

夏目漱石在《玻璃門內》（一九一五年）中有這樣一段：

> 有人看到我家的貓，於是問我：「牠是第幾代？」我不經意地回答：「牠是第二代。」後來仔細想才發現，事實上牠不是第二代，已經是第三代了。（《玻璃門內》）

漱石總共養過三隻貓，卻不清楚牠們各是第二代還是第三代，看來他對貓漠不關心。而且漱石接著寫道：

> 雖然第一代無家可歸，但在某個層面還算有名。相較之下，第二代的壽命之短，甚至被主人遺忘。我根本不知道究竟是誰、從哪裡把那隻貓帶回家的。（《玻璃門內》）

「在某個層面還算有名」的第一代，當然是指《我是貓》那隻本尊。有人說，如果沒有牠，或許世上便不存在文豪夏目漱石。不過，就算牠本來是隻流浪貓，也不用說牠「無家可歸」吧？而且連個名字都沒有幫牠取。

話說回來，沒有名字要怎麼叫牠呢？根據夏目伸六《父親——夏目漱石》，伸六也曾感到同樣疑惑而詢問母親鏡子，鏡子想了一會兒說道：「你這麼一提，有時會叫牠『貓、貓』

的樣子。」漱石和鏡子都對牠好過分！

關於第二代，漱石寫道：「壽命之短，甚至被主人遺忘。」換個角度來看，簡直就是：「因為你太短命，我遺忘你也是沒辦法的。」明明是自己忘了，還怪人家太短命。如果我是那隻第二代貓，應該會變成鬼來找主人抱怨……總之，漱石老師很過分！

Episode 2　貓的死亡通知書

第一代貓在一九〇八年（明治四十一年）死去。若牠從出生沒多久便來到夏目家的話，應該是享年五歲。據說貓的五歲換算為人類年齡的話，大概四十五歲左右，事實上牠的壽命與享年四十九歲的夏目漱石差不多。

《我是貓》裡的主角貓是喝啤酒喝醉，不小心掉到水甕裡，結果溺死。但夏目伸六《父・夏目漱石》的敍述如下。

> 初秋的某一個晚上，這樣的最後可能適合無名的他[19]也說不定，家人幾乎忘卻他存在的狀況下，他躺在房子後面的灶上安安靜靜地走了。（夏木伸六《父・夏目漱石》）

漱石本人在《永日小品》（一九〇九年）裡寫F當天的狀況。

妻子特意去看牠的屍體。然後與之前對牠的冷淡態度大大不同，突然開始慌張。（《永日小品》）

漱石好像有點諷刺鏡子，但看到這裡的讀者應該知道，事實上漱石根本就是五十步笑百步，沒有資格批評別人。而且像「妻子特意去看牠的屍體」這樣的說法，免去不了漱石本身可能連看都沒看牠最後一眼的嫌疑！漱石繼續寫著：

妻子請認識的車夫買四角形木頭的墓碑，跟我說：「請在上面寫些什麼吧！」於是我在墓碑上寫「貓之墓」（中略）。（《永日小品》）

「貓之墓」。因為沒有名字只好這樣寫。但不管怎麼樣，家裡的一分子真的消失以後，漱石似乎還是有點感觸，親筆寫無名貓的「死亡通知書」寄給親友好友們。

每逢那隻貓的忌日[20]，妻子一定會將一塊鮭魚肉及灑上柴魚片的一碗飯，供奉在牠的

⑲ 夏目伸六在文中提到第一任貓時，像人一樣稱為「他（日文為「彼」）」。

⑳ 日本的忌日（日文為「命日」）有兩種；一是每年一次的「祥月命日」（「月」及「日」都一樣的忌日）。二是「月命日」。「月命日」是指「月」不同，只有「日」一樣的忌日。這裡是指後者。（同樣內容夏目伸六也有記述）。

墓前。到目前為止，從來沒有忘記過。（《永日小品》）

鏡子本身不喜歡貓，然而第一代貓死後如此鄭重地在每個月的「月命日」祭拜牠。這代表著鏡子心中的某處仍然相信那隻貓是改變他們夫妻人生的「福貓」吧！

讓夏目漱石寫作《我是貓》的偉大無名貓，被埋在夏目家後園裡，位置是在漱石書房北方的一棵櫻花樹下。

第一代無名貓的忌日是九月十三日。

Episode 3　狗就要取名！

夏目漱石也養狗，而且狗的待遇和貓大不相同。

那時他是個才剛斷奶的小孩。H先生的徒弟用日式布巾將他裹住，坐電車送到我家。那天晚上我讓他睡在後院倉庫，擔心他著涼，我在地上鋪滿稻草，盡可能幫他準備舒適的床。（《玻璃門內》）

像人一樣被稱作「他」的就是這隻狗，稱呼方式不同於被叫「無家可歸」的第一代貓和被叫「那隻」的第二代貓，待遇也有天壤之別，甚至「擔心他著涼，我在地上鋪滿稻草，盡可能幫他準備舒適的床」。

與貓的最大差別，就是狗被取名叫「赫克特」[21]，而且其名大有來頭：

> 這是《伊利亞德》[22]裡特洛伊第一勇士的名字。（《玻璃門內》）

貓連個名字都沒有，狗居然被取那麼偉大的名字！這隻狗生病時，漱石不僅讓牠住院，還去探病。世上有「狗派」或「貓派」的說法，看來漱石很明顯屬於狗派。漱石不是託貓的福才成名的嗎……感覺貓很可憐！

Episode 4　漱石的不可思議初戀——「曾經跟你說過的那個可愛女孩」

關於夏目漱石的初戀有幾個不同說法，這裡介紹的是根據鏡子於《回想的漱石》中「來自漱石所描述」的內容：

[21] 赫克特（Hektōr）：特洛伊的王子，在特洛伊戰爭中是最勇猛的戰士。

[22] 《伊利亞德》（*Iliad*）：以特洛伊戰爭為主題的古希臘史詩。

當時夏目家在牛込的喜久井町。漱石覺得家裡很吵，於是搬到小石川的傳通院[23]附近，借住在寺廟法藏院的房間。大概是在大學畢業那年，漱石得了砂眼，幾乎天天都去駿河台的井上眼科看診。在等候室，經常遇到一個美麗的年輕女孩。（夏目鏡子《回想的漱石》）

據說在「井上眼科」碰到的「美麗的年輕女孩」就是漱石的初戀對象。事實上，漱石寫給正岡子規的信中如此描述：

啊，對啦！昨天去眼科的時候，又看到曾經跟你說過的那個可愛女孩。

這位「可愛女孩」就是鏡子所說的「年輕女孩」。有趣的是，漱石寫給子規的信件內容簡直就像中二男寫的一樣：「上次跟你說的那個可愛女孩，我今天又碰到她咧！難不成這是命中注定？」漱石最多也只是偷看而已，連向她打招呼的勇氣都沒有，在腦中的幻想卻無止境，這就是長大後回想起來會讓人想死的「黑歷史」[24]。「啊，對啦！昨天……」的寫法就像特意告訴人「因為剛好想起來，順便寫一下」，連身為讀者的我都覺得不好意思，只能用中二男來形容。

這封信的日期是一八九一年（明治二十四年）七月十八日，此時的漱石滿二十四歲。身為未來的文豪，已經二十四歲了，還在寫這種信，可以嗎？

更令人驚訝的是，漱石打算和這個女孩結婚！根據《回想的漱石》，當時他在心裡想著：「如果是這個女的，我可以接受。」明明戀愛經驗值低，卻莫名的高傲。差不多從這時開始，漱石的妄想出現暴走傾向。

漱石說這個女孩的母親曾是藝妓，心眼很壞，收買法藏院的尼姑監視他。然而，漱石和這個女孩根本沒說過話，怎麼知道她母親「曾是藝妓」呢？對此鏡子也感到疑惑，「不清楚他怎麼知道這些事」。最後，漱石實在受不了這個媽媽，只好打消和她女兒結婚的念頭……漱石這麼說。

大家應該已經猜到了！這全都是漱石的精神病所產生的被害妄想。一般認為漱石是到英國後精神才出現異常，事實上在日本就已經出現症狀。

漱石放棄在東京的高薪工作，特意去四國松山的中學任教，其原因之一居然是這場不可思議的失戀！

漱石的初戀究竟是喜劇還是悲劇，就交由讀者去判斷。總之，如果他沒去松山，漱石文學中最膾炙人口的名作《少爺》就不會出現於日本文學史上吧。作家與作品的關係，真是複雜又微妙。

㉓ 傳通院：建於一四一五年，關東十八檀林之一，院內有德川家康生母之墓。

㉔ 黑歷史：黑暗的過去。此用語源於動畫《∀鋼彈》，用來形容過去的宇宙戰爭；後來成為網路用語，意思延伸為希望不存在的「黑暗（丟臉）過去」。

Episode 5　漱石的慢性病・胃潰瘍——太愛吃甜點！

夏目漱石罹患的慢性病是胃潰瘍。在漱石身處的時代，胃潰瘍是無法用手術來治療的疾病。而他的死因就是胃潰瘍造成的嚴重內出血。

漱石嗜吃甜點，是胃病越來越惡化的原因之一。《我是貓》裡的苦沙彌老師（雛型為漱石本身）也很愛舔果醬，他愛舔果醬到甚至影響家計。

「這個月的生活費有點不夠……」

「怎麼可能不夠？藥費、給書店的錢，都是上個月付清的。這個月有餘額才對」（中略）

「雖然您這麼說，因為您吃麵包不吃飯，還有吃果醬……」

「我到底吃了幾罐果醬？」

「這個月是八罐。」

「八罐？我沒有吃那麼多！」

「不是只有您，小孩也有吃。」

「再怎麼吃也不過是五、六圓的東西吧！」主人若無其事的樣子拔掉鼻毛，一根一根鄭重地種在稿子上面。（《我是貓》）

據說，《我是貓》的這段是事實。漱石很喜歡吃果醬，而且他的吃法是直接用湯匙舀果醬吃，而且吃的量那麼多，不得胃病才怪！事實上，漱石的確有著寫作不順利的時候，把拔掉的鼻毛一根一根「種」在稿子上的習慣。上面黏著文豪鼻毛的手稿！我真不知道這應該說是有附帶價值？還是單純不衛生？

根據夏目伸六《父．夏目漱石》中有一節如下。

從小我就習慣看著父親為了這個慢性病，每年一、兩個月臥病在床。都已經這樣了，每天到下午三、四點的時候，父親依舊從書房裡悄悄地出來，隨意打開餐廳櫥櫃的門翻找，開了又關，認真地物色甜點。這個畫面到現在我都記得非常清楚。這是因為母親總是擔心父親的胃病，於是將對胃不好的點心類統統藏起來之故。

但四姊愛子每次看到父親就立刻告訴他說：「爸爸！點心的話，在這裡哦！」

「哦哦！愛子，妳是個好孩子。」

父親很高興地趕快吃掉那個點心，然後喝杯茶，又回到書房去。這是母親不在時多次重演的習慣性一幕。（《父．夏目漱石》）

據說胃潰瘍患者渴望食物，想吃東西想吃到無法忍受。鏡子在《回想的漱石》中說：

……二十七日㉕，夏目非常急著要吃東西，本來每隔二十分鐘攝取食物，但後來變得十五分鐘、十分鐘，簡直瘋狂似地渴望食物。所以時間越來越提早，他將本來花一整天的時間來攝取的量早早吃完，還跟我要。但不可以再給他東西吃，於是我跟他說，已經晚上十點了，應該要休息。夏目說：「食物不行的話，藥也可以。不管怎麼樣給我東西吃。」……（夏目鏡子《回想的漱石》）

當時漱石飢不擇食的飢餓程度，不管是食物還是藥物，就是一定要將東西放在嘴裡。本人痛苦就不用說，在旁邊看護的家人的擔心、焦慮也非同小可。漱石本人陷入地獄般的折磨，家人亦是。

隔天早晨，鏡子發現漱石的胃部「就像葫蘆一樣」膨脹起來。這是第一次的嚴重內出血。狀況如此嚴重，漱石還關心周圍的人，對鏡子說：

「昨晚妳完全沒有睡覺的樣子。現在妳去睡一下吧！」

也對主治醫生真鍋嘉一郎說：

「你不是要上課嗎？為什麼不去？」

因為當時真鍋嘉一郎是東京帝國大學教授之故。漱石雖然有精神疾病、也會亂發脾氣、還背著妻子偷吃甜點，但他的心是溫柔的。真鍋嘉一郎跟漱石說：「我已經對學生說，因為夏目漱石老師的症狀嚴重，我要請假。學生們就說，我們的課老師請假多久都沒關係，但請您一定要治好夏目老師！」

真鍋嘉一郎等醫生們竭盡所能也救不了漱石。於十二月二日，出現第二次的嚴重內出血。一週後的十二月九日下午六點五十分，在家人、親朋好友及徒弟們的陪伴之下，漱石成為不歸之人。

夏目漱石的墓在東京雜司谷墓地。生前，漱石將每週四當作會客日，稱為「木曜會」。漱石過世後，因為忌日是十二月九日，每月九日懷念他的人集會，這稱為「九日會」。第一次的九日會是一九一七年（大正六年）一月九日。參加的人有真鍋嘉一郎、芥川龍之介、松岡讓、久米正雄，小宮豐隆及岩波茂雄※等人。

※岩波茂雄（一八八一年—一九四六年）：「岩波書店」的創辦人。「岩波書店」出版的第一本書為漱石的《心》。但當時出版社資金不夠，漱石採用自費出版的方式出版。

(25) 一九一六年（大正五年）十一月二十七日。

〔附錄1〕夏目漱石關係圖

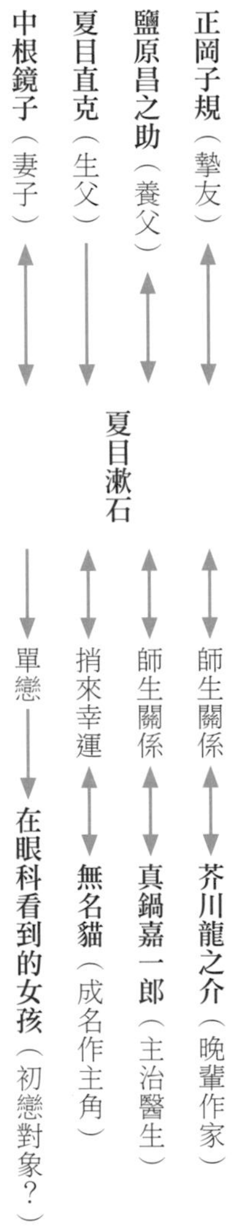

- 正岡子規（摯友）↔ 夏目漱石 ↔ 師生關係 ↔ 芥川龍之介（晚輩作家）
- 鹽原昌之助（養父）↔ 夏目漱石 ↔ 師生關係 ↔ 真鍋嘉一郎（主治醫生）
- 夏目直克（生父）→ 夏目漱石 ↔ 捎來幸運 ↔ 無名貓（成名作主角）
- 中根鏡子（妻子）↔ 夏目漱石 → 單戀 → 在眼科看到的女孩（初戀對象？）

〔附錄2〕夏目漱石年略圖

西元	日本年號	年齡	事項
一八六七	慶應3		農曆1月，出生於江戶牛込馬場下橫町（東京都新宿區喜久井町）
一八六八	慶應4・明治1	1	成為鹽原昌之助的養子
一八八八	明治21	21	1月，正式離開鹽原家，恢復夏目家的戶籍

年份	年號	年齡	事件
一八九〇	明治23	23	9月，東京帝國大學英文系入學
一八九五	明治28	28	4月，於愛媛縣尋常中學校任教 12月，與中根鏡子相親
一八九六	明治29	29	4月，赴熊本縣第五高等學校任教 與中根鏡子結婚
一九〇〇	明治33	33	受文部省下令赴英國留學兩年，9月8日前往倫敦
一九〇三	明治36	36	1月，回國 4月，於第一高等學校與東京帝國大學英文系任教，「妄想性憂鬱症」惡化，與鏡子分居兩個月 初夏，收養一隻黑貓（無名）
一九〇五	明治38	38	**《我是貓》**
一九〇六	明治39	39	**《少爺》**
一九〇七	明治40	40	4月，向東京帝國大學與第一高等學校提出辭呈，成為朝日新聞社的專屬作家
一九〇八	明治41	41	**《三四郎》**
一九一四	大正3	47	**《心》**
一九一六	大正5	49	12月9日，因胃潰瘍逝世 **《明暗》**（未完）

第二章 森鷗外 Ōgai Mori

- 生卒年：一八六二年（文久二年）—一九二二年（大正十一年），六十歲
- 出生地：島根縣
- 派別或主義：高踏派
- 代表作：《舞姬》《性慾的生活》《雁》《阿部一族》《最後的一句》《澀江抽齋》

影撮てにエリトアの氏郎三弘石武家刻彫年五

日本近代文學第一「現充」㉖文豪

照片上的森鷗外長得十分嚴肅，而且其頭銜是軍醫最高職位「陸軍軍醫總監」。日本的高中國語課本收錄鷗外的初期代表作《舞姬》，許多日本人都是透過課本第一次接觸到他的作品。然而對現代高中生而言，《舞姬》的「文語體」㉗就如同古典文學一樣難懂，而且作者的照片又很嚴肅。「看起來很難、很可怕……」這是鷗外給人的第一印象，因此學生們不願再嘗試閱讀他的其他作品。與夏目漱石齊名的文豪鷗外，卻因給人的第一印象而吃虧。

鷗外有兩種樣貌，一是芥川龍之介《森老師》中的鷗外，芥川在漱石的葬禮上見到鷗外。

那位人士相貌堂堂正正，應該說是神采奕奕，世上極少有這樣的容貌。看了名片，上面寫著森林太郎。

㉖ 現充：日文為「リア充」，是「リアル（real）充実」的簡稱，指現實生活中過得很充實（的人）。

㉗ 文語體：文言文體。鷗外採用文言文體寫作《舞姬》，然而該文體又不同於江戶時代以前的文言文，是一種高雅優美的獨特文章，另稱為「雅文」。

另一種容貌的鷗外，則是其次女杏奴※在小時候畫的一幅畫。這是一幅頭異常大的人物畫，乍看之下還以為是「妖怪滑瓢」㉘，不過旁邊寫著「爸爸」。原來是杏奴畫的鷗外肖像！還附上杏奴創作的歌詞：

光溜溜　光禿禿
爸爸的頭光禿禿
蒼蠅呀！蒼蠅呀！
不要滑倒　要小心！

這兩種容貌的描述相差甚遠，也正代表鷗外為人大氣——他是嚴謹的軍人，也是溫柔的爸爸，更是文豪。

事實上，鷗外也創作有趣奇異的小說，例如《大發現》（一九〇九年）「認真」探討「歐洲人也會挖鼻孔」的問題、《性慾的生活》（一九〇九年；原書名為拉丁語 Vita Sexualis）被誤認為色情小說而受到禁止販賣處分㉙。讓人驚訝的是，《性慾的生活》是自傳式作品。更教人訝異的是，這些作品都是在他升為軍醫總監後才開始寫作的。

以下就向大家介紹這位不可思議的「知識巨人」的人生吧。

※　杏奴（一九〇九年—一九九八年）：鷗外的次女。散文家。代表作有《晚年的父親》。鷗外的肖

像畫是她九歲時的作品，曾於東京世田谷文學館展出。

∴ ∴ ∴

森鷗外的本名是森林太郎，出生於一八六二年（文久二年）一月十九日石見國[30]鹿足郡津和野町，是津和野藩[31]典醫[32]森靜泰的長子。

六年後的一八六八年，日本年號改為明治，迎向新時代。江戶時期，人民基本上一

㉘ 妖怪滑瓢：鳥山石燕《畫圖百鬼夜行》（一七七六年）等江戶時代的妖怪畫裡常出現的妖怪，在水木茂《鬼太郎》裡扮演壞妖怪大頭目的角色。

㉙ 時政府實行「檢閱」制度，揭發違背公序良俗的文書、圖畫、電影，並禁止販賣。詳見《日本復古新語・新鮮事》〈第四章　社會問題・事件編（本編）檢查出版物〉。

㉚ 石見國：現在的島根縣。

㉛ 藩：諸侯的領土。

㉜ 典醫：諸侯的主治醫生。森家是典醫名門世家，不過鷗外的父親靜泰是入贅森家的女婿。

輩子都無法離開出生地；明治時期可不一樣，優秀的人能赴東京「出人頭地」，光耀門楣[33]。鷗外從小就被稱為「神童」，森家在這個長子身上看到希望，於是計畫將他送往東京。

> 父母常常討論要搬到東京的事。有一次我豎起耳朵聽他們談話，母親便對我說：「你不可以告訴別人哦！」（中略）我覺得奇怪，於是問了母親，她答道：「如今大家都想去東京，最好不要讓別人知道。」（《性慾的生活》）

時代面臨大改變時，有順應潮流的人，也有趕不上步伐的人。赴東京就是成功的第一步。對森家而言多虧有親戚西周※。一八七二年（明治五年），父親只帶鷗外去東京。他們先在向島的舊藩主別墅落腳，同年十月鷗外一人寄住在西周家。

> 我進入位於壱岐坂的私立德文學校。（中略）但是學校離向島太遠了，為了通學，我寄住在父親的前輩東老師家。當時東老師住在神田小川町。（《性慾的生活》）

《性慾的生活》雖採小說形式，上述內容卻與鷗外的經歷一致——「東老師」就是以西周為雛形。本人姓「西」所以改為「東」，十分有趣。

鷗外是語言天才，這個時期學習德文一事，大大改變了他的一生。

一八七四年（明治七年），滿十二歲的鷗外進入第一大學區醫學校[34]。他比學校規定的入學年齡小兩歲，因此謊報十四歲參加考試，並順利考上。通常都是謊報比實際年齡小，但鷗外為了入學反而謊稱比實際年齡來得大，可說是前所未聞，不愧是「神童」森林太郎。

入學後，鷗外住進學校宿舍。事實上，當時的學校宿舍是個可怕的地方……

※西周（一八二九年—一八九七年）：哲學家。進入明治政府後擔任軍隊官僚，是《軍人勅諭》（天皇親自頒授的軍人訓誡）起草人，後來成為貴族院議員。鷗外的第一任妻子登志子便是由西周介紹，後來兩人離婚，因此西周與鷗外斷絕往來。

⁝⁝ ⁝⁝ ⁝⁝

本文開頭中，我形容森鷗外長相嚴肅，那是他晚年的照片給人的印象。鷗外最早的照

(33) 在封建主義的江戶時期，身分與居住地都是固定的；明治維新之後日本成為近代國家，只要有能力便能出人頭地，於是開啟光耀門楣的時代。鷗外身為森家長子，有義務與責任為了森家的未來而努力。

(34) 第一大學區醫學校：鷗外於一八七二年（明治五年）一月入學，五月改為東京醫學校，一八七七年（明治十年）改稱東京大學醫學部，一八九七年（明治三十年）後稱為東京帝國大學，因此，鷗外畢業時的大學正式名稱為東京大學。

片是十歲時拍攝，當時他一副「稚兒」[35]的模樣就像女孩子般可愛。

如上述，鷗外進入第一大學區醫學校是手續上十四歲、實際上十二歲的時候，簡直有如小羊自己跳進狼群，因為當時的學校宿舍，學長對學弟做「男色」[36]是家常便飯。根據《性慾的生活》中的敍述，喜歡「女色」的學生叫做「軟派」、喜歡「男色」的學生叫做「硬派」。住宿舍的「我」一開始被「硬派」學長盯上。

一月入學，我被安排在學校宿舍二樓的房間。室友是個叫鰐口弦[37]的男同學。（中略）若他屬於硬派，我想我應該是逃不了了吧。（《性慾的生活》）

幸好「鰐口」不是「硬派」，但「我」也不能總是和他混在一起。「我」為了自衛，把短刀藏在懷裡[38]。某個晚上，「鰐口」和朋友外出，「我」一人留在房裡，忽然聽到有人偷偷爬上樓梯的聲音。

聽慣獵槍聲的鳥，不會隨便讓獵人靠近。我把油燈熄滅，打開窗戶，爬上屋頂，悄悄關起窗。（中略）我的手緊握著藏在懷裡的短刀刀柄。（《性慾的生活》）

沒多久，有人進房——這簡直是驚悚片的畫面。那個人在房裡走來走去。「明明剛才油燈還亮著，人去哪兒了？」聽聲音就知道他是以男色嗜好出名的「九州人」[39]。

過一會兒，那個男的放棄找「我」而離開房間，「幸虧短刀沒派上用場」，真是個駭人的世界。

雖然在如此可怕的環境下就學，一八八一年（明治十四年）鷗外仍順利從東京大學醫學部畢業，進入陸軍從事軍醫。一八八四年（明治十七年），他被指派留學德國，八月二十四日從橫濱港㊵往柏林出航，這算是鷗外人生中的一大轉機。

∷ ∷ ∷

㉟ 稚兒：在神社寺廟做雜事的少年、兒童，他們留著妹妹頭髮型，有如日本娃娃般可愛。

㊱ 男色：男同性戀。在江戶時代的武士階層裡並非罕見的事，直到鷗外念書的明治初期還留有舊時代的風俗習慣。

㊲ 鰐口弦：以東大醫學部時期鷗外的同學谷口謙為雛形，後來也進入陸軍當軍醫。

㊳ 和服的構造上可以在懷裡放東西。

㊴ 據說當時日本九州是「男色」文化最盛行的地區。

㊵ 橫濱港：一八五九年（安政六年）開港，日本代表性國際貿易港。當時要去歐美的交通工具只有船。

不同於漱石，森鷗外的留學生活可說是如魚得水。

鷗外流暢的德文與高深的學識出類拔萃。瑙曼※在演講中發表輕視日本人的言論時，鷗外不但當場反駁，後來甚至在德國報紙上與他隔空論戰。在長官眼中，鷗外就是個「非常優秀的人才」。

鷗外在德國念衛生學，因此有嚴重潔癖，關於這點會留到後面再提。

在德國萊比錫大學（University of Leipzig）與慕尼黑大學（University of München）留學的鷗外，感受到日本所沒有的「自由」——他結識了藝術家摯友原田直次郎※等人，他們和視「出人頭地」為第一的同事們截然不同，鷗外因此享受著海外生活。有一張一八八六年（明治十九年），鷗外與原田直次郎等人在慕尼黑拍攝的照片，鷗外單手扠腰，完全沒有穿軍服時的嚴肅模樣，充滿著青春氣息。當時他滿二十四歲，或許這是一段「遲來的青春」吧。

一八八七年（明治二十年）四月，鷗外前往柏林。在留學生涯的最後一段時間認識了一位年輕的德國女性。《舞姬》（一八九〇年）女主角愛麗絲※即是以她為雛形。

隔年，一八八八年（明治二十一年）七月五日，鷗外和長官石黑忠悳※一起踏上回國之途，不得不與愛麗絲分手。《舞姬》雖是基於鷗外的自身經驗所撰寫的作品，不過不同於一般的「私小說」，虛構部分不少。但至少主角太田豐太郎和愛麗絲分手時的悲痛，被認為是鷗外切身的心聲。以下是豐太郎被逼到必須二選一的場景——要選愛麗絲呢？還是要選「出人頭地」呢？

回家後我要怎麼跟愛麗絲交代？離開了「飯店」，我心中滿是無法言喻的紛亂。（中略）我倒在路旁的長椅上，（中略）如同屍體，不知過了多久，忽然感到一陣刺骨的寒風而驚醒。時辰已經入夜，白雪紛飛，在我的帽簷和外套的肩膀上大概積了三公分之厚。（《舞姬》）

離開柏林當天，鷗外將愛麗絲的事告訴石黑忠悳，石黑的日記的「七月五日」上寫著：

「在車中與森談其情人的事，我為他愴然垂首。」

同年九月八日，鷗外返抵國門，然而發生了一件驚人的事——四天後的十二日，愛麗絲竟然為了鷗外追到日本。

先不論鷗外的感受，對以「出人頭地」為第一主義的森家而言，愛麗絲這個外國女人的出現只能以醜聞來形容，包括妹夫小金井良精等親戚，森家團結一致，說服愛麗絲。雖然愛麗絲與森家之間的談判內容不詳，但在大約一個月後的十月十七日，她一人返回德國。

後來鷗外寫了一篇短篇小說《建構中》（一九一〇年），主角渡邊在「精養軒飯店」[41]裡見一個德國女人，剛好附近某個地方正在「建構中」，施工噪音傳到飯店。女人說：「這裡很悽涼不是嗎？」渡邊回答：「正在建構中。」過一陣子，他又再說一次：「日本正在建構當中。」

[41] 精養軒飯店：一八七二年（明治五年）開業，位於東京築地，是日本最早提供道地法國料理的飯店，一八八八年愛麗絲追鷗外來日本時投宿於此。

愛麗絲回國後，兩人也通過幾次信，據說鷗外一輩子都沒忘記這個女人。與德國女人的戀情以悲劇收場，其原因或許在於當時仍在「建構中」的近代國家日本吧。

※ 埃德蒙・瑙曼（Edmund Naumann；一八五四年—一九二七年）：德國地質學者。一八七五年受日本政府聘任為東京帝國大學教授。

※ 原田直次郎（一八六三年—一八九九年）：西洋畫家。鷗外《泡沫記》（一八九二年）主角巨勢即以之為雛形。

※ 愛麗絲（Elise Wiegert）：鷗外在德國留學時的情人。生平不詳。據說《舞姬》和《建構中》的女主角即以她為雛形。在前者她是舞女，於後者則是女歌手，共同之處是都從事舞臺表演工作。

※ 石黑忠悳（一八四五年—一九四一年）：軍醫。曾擔任陸軍軍醫總監。

⋮⋮　⋮⋮　⋮⋮

森鷗外在四十五歲晉升為「陸軍軍醫總監」。

鷗外不辜負森家的期待，成功地「出人頭地」，然而他本人並非以「出人頭地」為第一目標。

一九一二年（明治四十五年）七月三十日明治天皇駕崩。國喪當天，乃木希典※夫妻殉死[42]，儘管這樣的行為已不合時宜，鷗外卻因而受到震撼，僅數日便完成《興津彌五右衛門的遺書》（一九一二年）。這是鷗外的第一篇歷史小說，也是獻給乃木希典的輓歌。此後便開始創作像《阿部一族》（一九一三年）、《護寺院原的復仇》（一九一三年）等小說，描述一群不期望「出人頭地」，堅守信念而死的武士。

身為文學家，鷗外的工作不只創作小說，也書寫評論、從事翻譯。在文壇仍在「建構中」的當時，鷗外透過完美的譯作將歐洲文學作品引進日本，其功勞之大，可說是現在的人無法想像的程度。身為漱石弟子的芥川龍之介，以及太宰治和三島由紀夫都非常尊敬鷗外，他是一位備受所有文豪景仰的大文豪。

而且鷗外非常重視家庭生活，在當時的男性中相當罕見，對孩子們而言既體貼又有趣，是最棒的「爸爸」。鷗外有過兩段婚姻，第二任妻子茂※還在丈夫的勸說下開始寫小說。在那個女性被視為不需要讀書識字的時代，樂見妻子寫小說的丈夫，應該只有鷗外一人吧。

一九二二年（大正十一年）七月九日，森鷗外去世，享年六十。死因為腎臟病和肺結核。其遺言中的這段話非常有名：

我希望回歸石見人森林太郎的身分死去㊸，墓碑上除了「森林太郎墓」之外不加任何字。

㊷ 殉死：日本武士階層中固有的特殊習慣，君主逝世時，受寵的家臣會一同自殺，被認為是最忠誠的表現。

㊸ 鷗外十歲時離開了故鄉石見，似乎想卸下一切的身分、職稱、角色而離開人世。

這到底是什麼意思呢？關於這個問題的答案，我想就交給各位讀者自由想像。在日本近代文學史上留下傲人足跡的「知識巨人」，其墓葬在東京的禪林寺。遵照遺囑，墓碑上只刻著「森林太郎墓」而已……

※乃木希典（一八四九年—一九一九年）：明治時代的陸軍軍人。中日甲午戰爭時擔任第一旅團長，日俄戰爭時擔任第三軍司令官，明治天皇的國喪當天與妻子一同自盡。

※荒木茂（志げ、茂子；一八八〇年—一九三六年）：大審院[44]判事荒木博臣之女。小說家。與鷗外的母親不和，兩人的婆媳戰爭非常有名。鷗外的私小說《半日》描寫他被夾在母親和妻子中間的種種煩惱；茂的代表作小說《波瀾》則從妻子的角度描寫同樣事件。

Episode 1　幫孩子們取西式名字的鷗外——是否有點過頭？

森鷗外有五個小孩。

一八八九年（明治二十二年）與第一任妻子登志子※結婚，生下長男；又與茂再婚，生了一男三女。

孩子們的名字都是日本人聽起來會覺得奇怪的名字。據說鷗外在德國留學時，外國人很難記住他的名字「森林太郎」，因此他為孩子們取了國際社會通用的名字。

長男：於菟（Otto）

長女：茉莉（Marie）

次女：杏奴（Anne）

次男：不律（Fritz）

三男：類（Louis）

而且他們的名字全都讓人聯想到歐洲的國王、皇帝、王后。例如：

44 明治憲法所規定的最高法院。一八七五年（明治八年）設置。「判事」是指「法官」。

於菟（Otto）：神聖羅馬帝國皇帝奧圖一世（Otto I）
不律（Fritz）：神聖羅馬帝國皇帝腓特烈一世（Friedrich I Barbarossa）
類（Louis）：法國國王路易（Louis）
茉莉（Marie）：路易十六的王后瑪麗・安東妮（Marie Antoinette）
杏奴（Anne）：路易十三的王后奧地利的安妮（Anne d'Autriche）

就算鷗外是個對孩子極為溫柔的父親，我仍不禁想著是否有些過頭了呢？

然而，鷗外絕非所謂的「崇洋」。長男屬虎，漢字特意選用代表老虎的中國古詞「於菟」[45]。

鷗外和漱石都擁有當時最高深的西洋學識，同時對漢文的素養也非常深厚，正是「知識巨人」。

順便一提，除了英年早逝的不律之外，於菟為醫學博士，茉莉為小說家，杏奴和類則為散文家，鷗外的子女們都活躍於各自的領域當中。

※ 赤松登志子（一八七一年—一九〇〇年）：海軍中將赤松則良之女。一八八九年與鷗外結婚，隔年即離婚。

Episode 2　鷗外的不可思議習慣——最愛日式饅頭茶泡飯

鷗外有嚴重潔癖，據說原因在於他在德國研究衛生學。

理所當然地，鷗外不吃生食，凡是未經煮熟或蒸熟的東西，他便無法安心食用，就連水果都要煮過才吃。

這樣的鷗外老師最愛吃的東西是……？

據森茉莉所說是「日式饅頭茶泡飯」。

> 爸爸有一雙漂亮的象牙色雙手，他用指甲潔白的手指將日式饅頭先撥成兩半，再撥成四塊放在白飯上，淋上煎茶，津津有味地吃著。（森茉莉《父親的帽子》）

白飯上放了甜甜的日式饅頭再淋上煎茶……光是想像都覺得噁心。而茉莉卻寫道：「小孩們搶著學爸爸吃一樣的東西。」

不過，次女杏奴雖然在《晚年的父親》（一九三六年）中同樣提到「日式饅頭茶泡飯」，寫的卻是：「我怎樣都無法接受這種東西。」

同樣是鷗外的孩子，看法也不一致，不過一般而言杏奴比較正常，鷗外和茉莉的口味

㊺《左傳・宣公四年》中有一句：「楚人謂乳谷，謂虎於菟。」

可說是相當獨特。

Episode 3　不洗澡的鷗外

鷗外還是個「不愛洗澡」的罕見日本人，他的理由是「不衛生」。確實，從衛生學的角度來看，日本的大眾澡堂是細菌的溫床。

然而，「因為不衛生而不洗澡」，有如有潔癖的人上公廁時因為水龍頭細菌多而不洗手，豈不都是一種矛盾嗎？不只大眾澡堂，鷗外就連自家浴室也不願洗澡，總之就是個「不愛洗澡」的人。

根據於菟《父親森鷗外》（一九五五年）的描述，鷗外每天早晚都以毛巾擦拭身體代替洗澡。他會在一間小和室鋪上蓆子，準備好水壺和盆子後開始擦拭身體。

> 從頭到尾都有既定程序，一滴水都不會濺到蓆外，一切都與父親的頭腦一樣井然有序。母親稱之為「如似茶道」[46]，真是恰當的形容。（森於菟《父親森鷗外》）

想像此畫面，感覺就像劍豪在修行。順便一提，聽說劍豪宮本武藏※也是不洗澡的人。

鷗外說過：「別人說這樣很髒，但是我的身體並無不淨之處！」換言之，就是有人曾說：「鷗外老師，這樣有點髒哦！」由此可見，鷗外不愛洗澡一事在當時已經相當有名。

從衛生學的角度來看，鷗外採用的方法應該是沒問題。然而，不論是泡澡還是淋浴，除了保持身體清潔之外，也會帶來精神上的愉快不是嗎？

過於合乎邏輯、「井然有序」的頭腦，或許也是鷗外的缺點吧。

※ 宮本武藏（一五八四年─一六四五年）：江戶初期的劍豪，據說為了避免在無防備的狀況下應敵，從不洗澡。

大家知道森家與臺灣之間頗有淵源嗎？一八九五年（明治二十八年），甲午戰爭結束，清朝將臺灣割讓給日本。同年五月，鷗外以臺灣總督府陸軍局軍醫部長的身分來臺。一九三六年，東京帝國大學醫學博士的長子於菟來臺，擔任臺北帝國大學醫學部教授，後來擔任醫學部部長，在臺灣生活了十年之久，更是臺灣光復後繼續留臺的極少數日本人，因此被稱為「臺北帝國大學最後一任醫學部部長，也是國立臺灣大學醫學院第一任院長」。森家父子二代的足跡，都曾駐留在臺灣這片土地……

46 茶道的過程中每一個動作都有規定，也帶有美感，鷗外擦拭身體的過程在妻子眼中就像茶道一樣帶有規律的美感。

[附錄1] 森鷗外關係圖

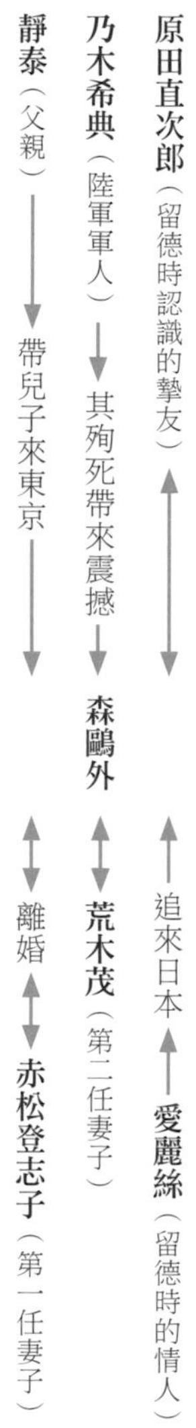

原田直次郎（留德時認識的摯友）←→ 森鷗外 ←追來日本← 愛麗絲（留德時的情人）

乃木希典（陸軍軍人）→其殉死帶來震撼→ 森鷗外 ←→ 荒木茂（第二任妻子）

靜泰（父親）→帶兒子來東京→ 森鷗外 ←離婚→ 赤松登志子（第一任妻子）

[附錄2] 森鷗外年略圖

西元	日本年號	年齡	事項
一八六二	文久2		農曆1月，出生於石見國（島根縣）鹿足郡津和野町
一八七四	明治7	12	1月，謊報年齡14歲，進入第一大學區醫學校（後改稱東京大學醫學部）

一八八一	明治14	19	7月，東京大學醫學部畢業，進入陸軍成為軍醫
一八八四	明治17	22	6月，受指派留學德國 8月，前往柏林
一八八八	明治21	26	9月，回國
一八八九	明治22	27	3月，與赤松登志子結婚
一八九〇	明治23	28	**《舞姬》** 與赤松登志子離婚
一九〇二	明治35	40	1月，與荒木茂再婚
一九〇七	明治40	45	11月，升任「陸軍軍醫總監」
一九〇九	明治42	47	**《性慾的生活》**
一九一一	明治44	49	**《雁》**
一九一三	大正2	51	**《阿部一族》**
一九一五	大正4	53	**《最後的一句》**
一九二二	大正11	60	7月9日，因腎臟病與肺結核過世，墓碑上僅刻著「森林太郎墓」五字

第三章

谷崎潤一郎

Jun'ichirō Tanizaki

● 生卒年　一八八六年（明治十九年）—一九六五年（昭和四十年），七十九歲

● 出生地　東京

● 派別或主義　耽美派、惡魔主義

● 代表作　《刺青》《祕密》《痴人之愛》《食蓼蟲》《細雪》《少將滋幹之母》

文豪其實超任性?!

谷崎潤一郎是一位不折不扣的文豪。不過，他與夏目漱石、森鷗外是不同的類型。漱石和鷗外是受國家指派去歐洲留學的「知識巨人」，也是代表那個時代的啟蒙者；谷崎潤一郎則被稱為耽美派。

谷崎文學追求的是「美」，為了達成這個目的，他居然將第一任妻子「讓給」朋友；為了得到激發自己創作靈感的女性，甚至在信上尊稱對方為「主人」，完全不以為意。他將當時被視為禁忌的被虐狂[47]、女同性戀[48]大膽地描寫在作品中，又被稱為惡魔主義作家。

若一般人做同樣的事，在道德、社會上應該不會被允許；然而，谷崎一做，反而提升了其藝術家的評價。

享受美食、住豪宅、身邊圍繞著美麗的妻子與女演員們，他過著宛如魔王般的生活。不僅如此，谷崎文學在國內外評價十分高，他多次被提名為諾貝爾文學獎候選人，晚年也獲頒文化勳章[49]。

㊼ 谷崎文學中帶有被虐狂（masochism）元素的作品有《少年》《痴人之愛》《蘆刈》《瘋癲老人日記》等。

㊽ 谷崎文學中與女同性戀（lesbianism）相關的作品有《卍》《廚房太平記》等。

㊾ 文化勳章：一九三七年設立，頒獎給在學術、藝術、文學方面有所建設者的勳章。

他任性妄為地生活著，富貴與名譽皆入其手，其存在感之強大，亦被稱為「大谷崎」。因為身為文豪，而被允許任性妄為？還是因為恣意而為，才能成為文豪？總而言之，在日本近代文學中應該沒有比他更忠於自己慾望的人了。

接下來，就向大家介紹谷崎潤一郎七十九年的生平故事吧！

⋯⋯⋯

谷崎潤一郎於一八八六年（明治十九年）七月二十四日出生在東京日本橋區蠣殼町，是父親倉五郎與母親關所生下的次男。谷崎家的長男在出生後沒多久即夭折，因此他在戶籍上是長男。

蠣殼町在東京被稱為「下町」[50]。明治政府成立後，主導明治維新的九州、四國、山口縣等志士來到東京，於「山手」[51]地區落腳，江戶時代的傳統文化因而有機會保留於下町。下町的成長環境造就出谷崎文學，這點無庸置疑，其自傳《幼少時代》（一九五五年）中也寫道：

> 我生在明治十幾年的東京下町，受到那個年代的東京所擁有的種種文化與風俗影響，

而後以此生長背景為基礎，成為小說家……（《幼少時代》）

擔心讀者誤會，在此提醒一下，「下町」並不代表比「山手」貧窮。谷崎的祖父久右衛門事業有成，一代致富。谷崎出生時家境富裕，由奶媽照顧。根據《幼少時代》中的描述，奶媽在谷崎念幼稚園時會和他一起進教室，「寸步不離」地陪著他。理由很簡單，因為奶媽一不在身邊，他就會大哭。

令人驚訝的是，他上小學後還是需要奶媽陪讀，只不過奶媽被禁止進入教室（這是當然的）。據說她一直站在走廊上，從窗外默默守候，就這樣站到放學。某天，課上到一半下起大雨，奶媽回家拿雨傘。谷崎望向窗戶，發現奶媽不見了，立即陷入恐慌。他從老師的制止中掙脫，邊大哭邊跑出校門，竟然就這樣直接回家！

總之，谷崎實在是個愛哭又任性得離譜的「小魔王」！也因此他被留級，一年級念了兩次。

然而，這位小魔王在學業上卻出類拔萃，被稱為「神童」。祖父逝世後，繼承家業的父親沒有做生意的才能，谷崎小學快畢業時，家裡的經濟狀況已經難以供他繼續升學。周圍的人認為他的成績如此優秀，放棄學業實在可惜，於是在他們的協助之下，谷崎於一九

50 下町：海拔較低的地區，例如東京的下谷、淺草、神田、日本橋、深川。

51 山手：高崗上的土地，例如東京的四谷、青山、市谷、小石川、本鄉。

〇一年（明治三十四年）進入東京府立第一中學。在國、高中時期，儘管有幾次因經濟問題而面臨退學危機，然而每次都出現願意幫助他的人，這就是谷崎的人生。

一九〇八年（明治四十一年）順利進入東京帝國大學國文系。這位魔王，不但會念書，也擁有不可思議的好運。

⋮⋮⋮

「下町文化」的特色之一就是積極肯定「美」。

在當時的下町，大家公認的美女們會被畫在錦繪[52]上。據說我的母親曾是美人繪雙紙[53]的大關[54]。（《幼少時代》）

年輕女孩以「美」為第一，因為美麗才能締結良緣。她們競相爭妍，獲選為錦繪上的畫中主角，對她們而言是榮譽的象徵，也可說是「下町」人所擁有的價值觀，與「山手」人重視嚴格家教和隱私權的風格有明顯的差別。

谷崎潤一郎以美麗的母親關為傲，然而母親於一九一七年（大正六年）谷崎滿三十一歲時過世。兩年後的一九一九年（大正八年），谷崎發表短篇小說代表作《戀母記》。他對美麗母親的愛，在母親死後變成一種思慕之情，《戀母記》與晚年的傑作《少將滋幹之母》（一九四九年—一九五〇年）都是傾訴對母親的愛慕。

以下我們先回到谷崎大學的時期吧。

谷崎之所以選擇東京帝國大學國文系，是因為那時他已經立志要成為作家。若考慮到家裡的經濟狀況，應該選有利於就業的法律系；就算要念文學，也應該選英文系才對……進入國文系算是一種賭注。未來的文豪在此時似乎感到相當焦慮，陷入嚴重的神經衰弱，無法過正常生活，於是有一段時間到摯友笹沼源之助※家的別墅靜養。

一九一〇年（明治四十三年），谷崎與小山內薰※等人一起創刊第二次《新思潮》[55]，這次也獲得笹沼的金錢援助。

52 錦繪：江戶時期，一七六五年由鈴木春信所創的彩色版畫，當時盛行的浮世繪基本上都是採用錦繪的手法與技術。

53 繪雙紙：江戶時期以圖文並茂的一張紙介紹當時的各種新聞，直到明治初期的下町還留有這樣的文化：在繪雙紙介紹下町美女，並排名次。

54 大關：相撲力士的階級，在橫綱之下、關脇之上。另外，江戶時期流行為各種領域採相撲階級的排名方式，稱為「番付」。

55 《新思潮》是以東大生為中心的同人誌，因創刊者與時期的不同而有「第～次」的說法。谷崎參加的是第二次，參與第三次和第四次的有芥川龍之介，第六次則有川端康成。

同年十一月，谷崎的出道作《刺青》發表於《新思潮》，也成為其代表作。刺青師清吉在美麗純潔的少女背上刺了一隻大蜘蛛棒絡新婦，少女於是擁有了可怕的力量——「美」，所有男人都成為她的「肥料」！「美」就是唯一、絕對的價值，美麗的人才是強者——這是生長在下町的谷崎才能創作出的藝術作品。

接著，一九一一年（明治四十四年），谷崎在文學雜誌《昴》[56]上發表了《少年》，同年七月卻因未繳學費而遭東京帝國大學退學。谷崎的好運看似到此為止，此時卻發生了奇蹟！

在當時文壇極具影響力的永井荷風※，於《三田文學》[57]十一月號發表了一篇評論《谷崎潤一郎先生的作品》，文中對谷崎的作品讚不絕口：

> 在現代明治文壇上，至今只有谷崎潤一郎先生能成功開拓無人著手或無人嘗試著手的藝術境地。（永井荷風《谷崎潤一郎先生的作品》）

大學遭到退學，身無分文，彷彿失去前途的無名青年，竟在明治末期的文壇上，一躍成為大放光采的新人作家谷崎潤一郎。

爾後，三島由紀夫將谷崎的文壇出道比擬為「昏暗陰天下綻放的絢爛牡丹花」。「昏暗陰天」指的是當時的文壇主流——自然主義文學陰暗的作品風格。

※笹沼源之助（?年—?年）：谷崎自小學便認識的摯友，家中經營著名的高級中華料理店「偕樂園」，其別墅在茨城縣。谷崎在大學時期曾一度陷入嚴重的神經衰弱，此時笹沼提供別墅讓他休養。

※小山內薰（一八八一年—一九二八年）：劇作家、舞臺劇導演。奠定日本近代舞臺劇基礎。

※永井荷風（一八七九年—一九五九年）：日本近代文豪。代表作有小說《美利堅物語》《法蘭西物語》《濹東綺譚》與日記《斷腸亭日乘》等。

⋮⋮　⋮⋮　⋮⋮

谷崎潤一郎與永井荷風同樣被歸類為耽美派作家，不過也有只能用在谷崎身上的稱呼，那就是惡魔主義。對谷崎而言，「美」是唯一絕對的價值標準，對於「美」的肯定遠遠超越一般道德與社會常識的範圍，而且不只存在於作品裡，在現實生活中也是。

一九一五年（大正四年），谷崎和石川千代結婚，同時領養了千代的妹妹聖子※。傑

56《昴》：一九〇九年（明治四十二年）由森鷗外、吉井勇等人創刊的文學雜誌。

57《三田文學》：一九一〇年（明治四十三年）以永井荷風為中心的三田文學會所創刊的文學雜誌，三田是慶應大學本部所在地地名，荷風當時擔任該校教授，久保田萬太郎與水上瀧太郎等大學生，因此有了出道成為小說家的機會。

作《痴人之愛》（一九二四年）的女主角奈緒美即以聖子為雛形。

奈緒美長得（中略）的確像西方人。（中略）而且不只是容貌，叫她把衣服脫了就知道，她的身材更像西方人……（《痴人之愛》）

事實上，聖子正好與典型的傳統日本女性千代相反，她擁有西方人的容貌與身材，是個小惡魔型美少女。

谷崎與小姨子聖子之間逐漸發展成戀愛關係，使得夫妻感情惡化。雖說是「惡化」，但並非夫妻吵架，據說是谷崎一味地虐待千代。這個魔王也太過分了！作家佐藤春夫※同情千代的悲慘遭遇，沒多久便由憐生愛。

一九二一年（大正十年），谷崎決定與千代離婚，將她讓給佐藤。然而就在要離婚之際，谷崎突然改變主意，取消離婚。覺得被玩弄的佐藤在震怒之下與谷崎斷絕來往，這就是「小田原事件」（當時谷崎家在神奈川縣小田原）。在這段期間發生的經歷，後來成為《神與人之間》（一九二三年－一九二四年）與《食蓼蟲》（一九二八年－一九二九年）的題材。

一九二三年（大正十二年）發生關東大地震，東京因而破壞殆盡。許多住在東京的作家雖然受到驚嚇，但仍留在東京守護家園的重建；谷崎卻毫不留戀地拋棄東京，全家搬到關西。做事總是自我中心，毫不在乎別人的批評，谷崎的確有這樣的一面，在日本人當中算是相當少見的類型。

一九三〇年（昭和五年），這次谷崎真的與千代離婚，在「小田原事件」之後等了九年的佐藤，終於娶千代為妻，這又被稱作「讓妻事件」[58]，在報紙上曾以大篇幅報導。

隔年，一九三一年（昭和六年），谷崎與文藝春秋社的記者古川丁未子※再婚，而非聖子。據說在「小田原事件」發生時，谷崎曾向聖子求婚，結果遭到拒絕。然而，男女愛情並非「被拒絕了就不愛」那樣單純，谷崎對聖子的愛直到完成《痴人之愛》後才急速冷卻。谷崎果然是一種有「小說家」之稱的不可思議生物。

對千代與佐藤而言，「讓妻事件」無疑是人生中的最大事件。根據谷崎的回想，佐藤與他斷絕來往時曾經說過：「為了千代，我寧願跟你鬥，鬥到我變整頭白髮為止！」然而，谷崎卻彷彿是為了撰寫《痴人之愛》與《食蓼蟲》等作品，而將他們當作自己的「肥料」。

同年，谷崎發表了《盲目物語》。這部小說表面上以織田信長※的妹妹阿市※為中心，描寫著戰國時代高貴女人們的故事，實際上是谷崎對心愛女性形象的投射。

那位女性不是新婚妻子丁未子，而是谷崎在一九二七年（昭和二年）認識的有夫之婦松子※。若說谷崎代表了東京下町文化，那麼松子就是上流關西文化的代表，兩人之間有著宛如命運般的邂逅。

谷崎與松子經過一場轟轟烈烈的戀愛後結婚，有關這個故事留到後面再詳述。為了得到這位理想女性，谷崎毫不猶豫地與丁未子離婚——為了自己，可以蹂躪他人的人生。從一般人的道德角度來看，他是個冷酷無情的壞人，然而谷崎卻一輩子未曾反省，也從未後悔。

---

[58] 讓妻事件：日文為「細君讓渡事件」，細君是指妻子，源自《漢書．卷六五．東方朔傳》中的一句：「復賜酒一石，肉百斤，歸遺細君。」

即使神明拋棄我，我還是相信自己。

這句話象徵著谷崎文學與其人生，相當有名。

※　聖子（せい子；一九〇二年—一九九六年）：谷崎第一任妻子千代的妹妹。寄宿於姊夫家時得到學費上的經濟援助，才得以就讀音樂學校。一九二〇年，谷崎受邀擔任電影公司大正活映的編劇部顧問時，向公司推薦聖子，於是她進入大正活映成為女演員，藝名為「葉山三千子」。經歷約十年的女演員生涯後結婚，並淡出演藝界。

※　佐藤春夫（一八九二年—一九六四年）：詩人、小說家。其代表詩作《秋刀魚之歌》道盡「小田原事件」後對千代的苦情。

※　古川丁未子：谷崎的第二任妻子。文藝春秋社的雜誌《婦人沙龍》記者。透過谷崎寫的推薦信而進入文藝春秋社。

※　織田信長（一五三四年—一五八二年）：活躍於日本戰國時代的知名武將。在將要統一天下時被家臣明智光秀背叛，在京都本能寺自殺。

※　阿市（一五四七年—一五八三年）：織田信長的妹妹，以美貌聞名，嫁給淺井長政後生了二男三女，淺井家滅亡後再嫁給柴田勝家。在信長過世後的內亂中，柴田被豐臣秀吉打敗，阿市也隨夫自盡。諷刺的是，後來成為秀吉側室的淀君，是阿市與淺井所生的女兒。

※　森田松子（一九〇三年—一九九一年）：谷崎的第三任妻子。出生於大阪船場（上流階層住宅區），是日本第一家造船廠藤永田造船所專務——森田安松家四姊妹的次女，《細雪》四姊妹中的次女幸子即以她為雛形。起初，她嫁給大阪世家根津家的大少爺清太郎，但因清太郎的外遇問題，夫妻感情惡化。一九二七年認識谷崎，後來開始交往。有趣的是，松子本來是芥川龍之介的粉絲，當時芥川和谷崎一起來到大阪，松子因而去見仰慕已久的芥川一面；至於谷崎，不過是順便認識罷了。

… … …

一九四一年（昭和十六年）十二月八日，日本向英美宣戰後即進入戰火的深淵中。谷崎在一九四三年（昭和十八年）三月，以松子與其姊妹為雛形人物的小說《細雪》開始在《中央公論》上連載，然而沒多久就因「檢閱」而被禁止刊登。《細雪》被禁止刊登一事，象徵著除了協助戰爭之外，連描寫美麗的市民生活都不被允許的「瘋狂年代」。

為了躲避戰火，一九四四年（昭和十九年）四月，谷崎帶一家搬到熱海[59]。但熱海也不是安全之地，漸漸成為美軍的攻擊目標。谷崎的日記上有這樣的記載（一九四四年十二月十三日）。

> 今晨也有空襲。（中略）主要攻擊目標是靜岡地區信州方面。熱海上空也有很多敵機編隊飛來，因此家人都躲在防空洞，但我繼續寫作《細雪》……

正在空襲當中，谷崎一個人繼續撰寫《細雪》的稿子。不知道何時寫完？也不知道到底能不能發表？或許那樣的日子永遠不會來臨也說不定。但谷崎一邊要不斷搬家躲避戰

---

[59] 靜岡縣熱海市。

火——從靜岡縣逃到岡山縣，一邊孜孜不倦地創作這篇谷崎文學中最長的作品。

最後東京化為焦土，一九四五年（昭和二十年）八月十五日，日本無條件投降。就在剛好一年後的一九四六年（昭和二十一年）八月，中央公論社出版《細雪》上卷，隔年三月出版《細雪》中卷，下卷也同時發表於雜誌上。谷崎已是年屆六十的老作家，在戰火中仍持續創作這部優美又華麗的長篇小說，令眾人感到驚訝，且深受感動。在動盪的年代當中貫徹自己的生活方式，對於「美」追求到底——日本戰敗了，但谷崎並沒有被戰爭打敗。

如今，《細雪》是日本近代文學中的傑作。

一九四九年（昭和二十四年）谷崎獲頒文化勳章。他在國際上的評價極高，多次被提名為諾貝爾文學獎候選人，雖然最終未能獲獎；然而，他在一九六四年成為日本第一位獲選為美國藝術暨文學學會[60]的榮譽會員。

隔年，一九六五年（昭和四十年）七月三十日，谷崎因腎臟病與心臟病逝世，享年七十九歲。當天各報社都立即報導此消息，其中《朝日新聞》以「『江戶之子[61]文豪』之死」的標題刊出。

會說谷崎是好人的人可能不多，然而谷崎是位文豪應該無庸置疑。大谷崎——谷崎潤一郎七十九歲的生平，宛如車子行經後，留下那道刻在大地上深邃又筆直的軌跡。

Episode 1 谷崎潤一郎的女性崇拜——被稱為「主人」的松子

對谷崎潤一郎而言，傳統大阪上流階層出身的松子算是他心中理想的女性。在他眼裡，「美」才是絕對的價值，也是正義，所以松子已是有夫之婦完全不是問題。身為大作家的谷崎，樂意跪在松子的面前膜拜她。

用「膜拜」來形容是否太誇張了一點？那麼，請看谷崎寫給松子的信件內容。

首先是一九三二年（昭和七年）九月二日的信：

只要能夠服侍您，即使為此毀了自己，對我而言仍是無上的幸福。（中略）若是沒有足以令我膜拜的高貴女性，我就無法心滿意足地持續創作。

谷崎在文中清楚地使用「膜拜」一詞。如前述，一九二七年（昭和二年）兩人相識時都是已婚者，谷崎尚未和第一任妻子千代離婚。一九三四年（昭和九年）三月兩人開始同居，很容易想像在這七年之間應該發生許多風風雨雨。

60 美國藝術暨文學學會（American Academy of Arts and Sciences）：為培養、支持美國文學與藝術，而於一八九八年在美國成立的組織。

61 江戸之子：日文為「江戸っ子」，原意是江戸出身者，明治時代後延伸指土生土長的東京人，尤其是出生在保留傳統江戸文化的下町人。

有一次，松子懷疑谷崎變心，那時谷崎為此寫給她的辯白信非常嚇人！信上的日期是一九三二年（昭和七年）十月七日，內容如下：

主人，懇求您，懇求您息怒！昨晚回家後我一直過意不去，在您的照片前一直叩頭、合掌，一心一意祈禱您的怒氣得到平息。（中略）請您可憐我這個微不足道之輩，請您大發慈悲，懇請原諒……

為了挽回松子，谷崎可以不顧形象到這樣的地步，卻也給人爽快的感覺。值得注目的是九月二日信上的這句話：「若是沒有足以令我膜拜的高貴女性，我就無法心滿意足地持續創作。」

《盲目物語》（一九三一年）《蘆刈》（一九三二年）《春琴抄》（一九三三年）等陸續發表的名作，都是「女性崇拜」的故事。因為有松子的存在，谷崎才能寫出這些作品。

對魔王谷崎而言，松子簡直就是帶給他魔力（創作力）的女神！若這麼一想，不顧形象跪在女神面前，似乎也是理所當然的。

Episode 2　一九四五年八月十四日的壽喜燒——谷崎潤一郎與永井荷風

太平洋戰爭末期，不只東京遭到美軍空襲，日本的主要城市全都成為攻擊目標。一九四五年（昭和二十年）五月，谷崎潤一郎為了躲避戰火，逃到岡山縣津山市，七月再搬到勝山町[62]。

同年八月十三日，永井荷風位於東京的家因空襲焚毀，於是逃到勝山町投靠谷崎。這個時期日本全國糧食嚴重缺乏，一般老百姓的主食早就變成番薯或豆子，有時甚至沒得吃。谷崎卻想盡辦法花大筆錢買大量的牛肉，還準備了清酒來招待荷風，以當時的情況來說，簡直就是王侯貴族的饗宴。對於這位曾經幫助自己成為作家的恩人，谷崎盡可能地款待他。

那天是一九四五年八月十四日，自荷風發表《谷崎潤一郎先生的作品》後已經過了三十四年。

當天谷崎在日記上寫著——

……晚上買到二公升的酒，因此晚上再次邀請荷風老師，並以壽喜燒來招待。（中略）今晚也與荷風老師在樓上談到九點半左右。

[62] 勝山町：現在的岡山縣真庭市。

兩位文豪一邊吃著壽喜燒，一邊談些什麼呢？

隔天，日本無條件投降。雖然日本戰敗，但兩位文豪存活了下來。

因為谷崎的倖存，除《細雪》之外，《少將滋幹之母》（一九四九年—一九五〇年）《鍵》（一九五六年）《瘋癲老人日記》（一九六一年—一九六二年）等晚年名作相繼問世。荷風也在一九五二年獲頒文化勳章。

一九四五年八月二十日，荷風在日記《斷腸亭日乘》中寫道：

世上沒有什麼比和平更美好，也沒有什麼比戰爭更可怕。

八月十四日的壽喜燒之宴，或許可說是祝福在戰爭中倖存的兩位文豪的前夜祭[63]。

63 前夜祭：為慶祝重要儀式或活動的前一天所舉辦的集會。

［附錄1］谷崎潤一郎關係圖

笹沼源之助（摯友）→ 給予經濟援助 → 谷崎潤一郎

永井荷風（文學上的恩人）→ 谷崎潤一郎

佐藤春夫 ↔ 斷絕往來，後來和解 ↔ 谷崎潤一郎

谷崎潤一郎 → 信上稱為「主人」← 森田松子（第三任妻子、《細雪》雛形人物）

谷崎潤一郎 → 古川丁未子（第二任妻子）

谷崎潤一郎 → 《痴人之愛》（痴人の愛）雛形人物 → 聖子（情人）

谷崎潤一郎 ↔ 石川千代（第一任妻子）

［附錄2］谷崎潤一郎年略圖

西元	日本年號	年齡	事項
一八八六	明治19		7月，出生於東京市日本橋區蠣殼町
一九〇八	明治41	22	9月，東京帝國大學國文系入學
一九一〇	明治43	24	與小山內薰等人創刊第二次《新思潮》**《刺青》**

一九一五	大正4	29	5月，與石川千代結婚，並領養千代的妹妹聖子
一九二三	大正12	37	9月，關東大地震，舉家搬到關西
一九二四	大正13	38	**《痴人之愛》**
一九三〇	昭和5	44	8月，與千代離婚，千代與佐藤春夫再婚（讓妻事件）
一九三一	昭和6	45	4月，與古川丁未子再婚
一九三三	昭和8	47	**《春琴抄》**
一九三五	昭和10	49	1月，與古川丁未子離婚，與森田松子結婚
一九四六	昭和21	60	**《細雪》上卷**
一九四九	昭和24	63	11月，獲頒文化勳章 **《少將滋幹之母》**
一九六五	昭和40	79	7月30日，因腎臟病與心臟病逝世

第四章

芥川龍之介

Ryūnosuke Akutagawa

- 生卒年：一八九二年（明治二十五年）—一九二七年（昭和二年），三十五歲
- 出生地：東京
- 派別或主義：新技巧派、藝術至上主義
- 代表作：《羅生門》《鼻》《奉教人之死》《六宮公主》《河童》《齒輪》

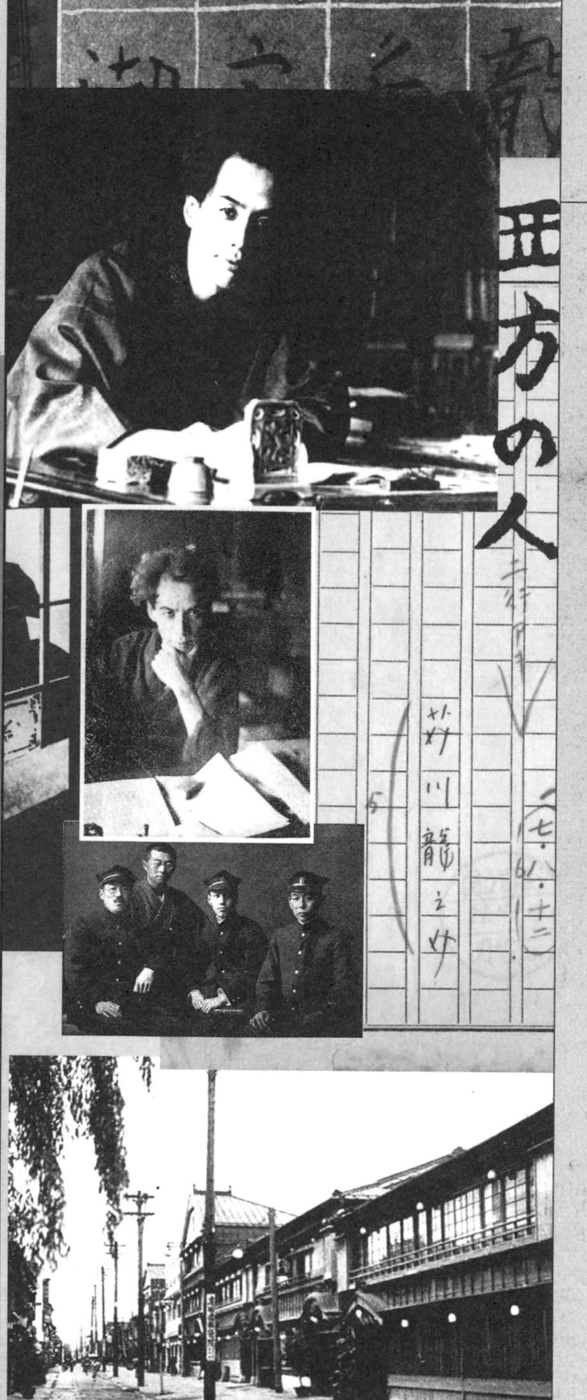

有如「火花」般……天才作家的一生

芥川龍之介——當文青們唸起這個名字時，總是心懷強烈憧憬。他是大正文壇首屈一指的鬼才，極為短暫的一生就像火花一樣絢爛，這個名字也與他端正的容貌十分相配，而且不是筆名，是本名。

這位文豪自誕生以來，人生便充滿戲劇性。他生於一八九二年（明治二十五年）三月一日，剛好是辰年辰月辰日辰時[64]，故取名為「龍之介」，不過「芥川」這個稀有的姓氏並非出生即如此。

他的親生父親名叫新原敏三，在東京經營一家牛奶販賣店。芥川出生不到一年即遭遇突如其來的不幸——母親福（フク）精神出現異常。芥川還是個吃奶的娃兒，父親一人無法照顧，只好交由妻子娘家芥川家來撫養。芥川家的戶主是福的哥哥道章，實際上養育他的人則是福的姊姊蕗（フキ）。一九〇四年（明治三十七年）正式被過繼為芥川家的養子。養子的身分與母親罹患精神病二事，帶給他人生極大的影響。

---

64 辰年辰月辰日辰時：以十二生肖來說，「辰」是龍，「辰年」則是龍年，「辰月」是農曆三月，「辰時」是早上八點。另外關於「辰日」，因為十二天為一週期，每個月平均有二或三次。

我的母親是個瘋子。我從來沒從她那兒感受過親生母親該有的親近感。（《點鬼簿》）

自傳式作品《點鬼簿》（一九二六年）中甚至有這樣的敍述：

我完全沒有受過親生母親的照顧。我記得有一次養母特意帶我去樓上向她問好，她不知怎的突然用長菸斗打我的頭。（《點鬼簿》）

被親生母親「突然用長菸斗打頭」，孩子當時的心裡會是什麼樣的滋味……

⋮⋮ ⋮⋮ ⋮⋮

學生時期的芥川龍之介一直是優等生。

國中成績優秀，於是以無須考試的推甄方式進入第一高等學校[65]（簡稱一高）；之後以第二名成績畢業，順利進入東京帝國大學英文系。

東大時期的芥川經歷了兩個重要事件——論及婚嫁的感情無疾而終，與交到一輩子的好友。

芥川和吉田彌生※從一九一四年（大正三年）開始談戀愛。同年七月，芥川去千葉縣旅行時寫信給彌生，信中稱她為「小彌」，滿是甜言蜜語：「有時睡前我會想起東京和小彌。」

一九一五年（大正四年）春天，芥川決定要和彌生結婚，沒想到遭來養父母與阿姨蕗的強烈反對，據說理由是彌生並非士族[66]出身，再加上其母未婚生下她。最後，芥川被強迫放棄這段婚姻。

經過這起事件，芥川受到嚴重的打擊。他曾經相信養父母和阿姨對自己的愛，然而此時才明白，原來這份愛不過是以養家的利益為前提罷了。

爾後數月，他每晚去吉原[67]買春，摧毀優等生的形象，或許也意味著對養家的反抗，然而這種自暴自棄的行為只帶給他更深切的悲傷。

---

(65) 第一高等學校：一八八六年（明治十九年）設立，一九五〇年（昭和二十五年）廢校，曾是日本第一菁英高中，大部分的畢業生都會進入東京帝國大學。

(66) 士族：《明治憲法》規定江戶時代的武士階層稱為「士族」。芥川家屬於士族階層，士族雖然不如貴族階層的華族擁有法律上的特權，但他們一向以自己的出身為傲。

(67) 吉原：於一六一七年開始，德川幕府公認的妓院區，位於東京都台東區淺草北部，明治以降也持續營業，直到一九五八年（昭和三十三年）因施行《賣春防止法》而廢止。

此時，芥川藉由創作一篇小説來擺脱精神上的危機，那就是一九一五年十一月發表於《帝國文學》的《羅生門》[68]。

《羅生門》取材自日本古典文學《今昔物語集》[69]，但是許多研究者一致認為吉田彌生事件是創作動機。

《羅生門》的結局如下。為了維生而偷取死人頭髮的老太婆，對責罵她的年輕下人[70]說：「不然我會餓死啊！」看到老太婆將自己醜陋的行為正當化的模樣，下人嘲笑她：「那麼，我把妳的衣服搶走，妳也不會恨我吧！」説時遲、那時快，他從老太婆身上剝取衣服，狠狠地踢倒她，然後頭也不回地往外跑……

據説這個結局訴説著芥川的心願——從束縛中解放。

※ 吉田彌生（一八九二年—？）：與芥川同年，青山女學院英文專科預科畢業，以當時來說擁有高學歷，即使非士族階層出身，但才貌雙全。

⁝⁝ ⁝⁝ ⁝⁝

大學時期的芥川龍之介與菊池寬※、久米正雄※等人，共同復刊第三次和第四次《新思潮》。同人誌《新思潮》因刊載他們的作品，而在日本近代文學史上留名。菊池寬和久米正雄都是芥川畢生的摯友。

一九一六年（大正五年），登刊於第四次《新思潮》創刊號的一篇短篇小說，竟成為大正文壇的一起事件——作品標題是《鼻子》，作者當然是芥川龍之介。

> 拜讀了《新思潮》上你、久米君及成瀨君的作品，我覺得你的作品非常有趣。（中略）今後請繼續寫作這樣的作品，只要寫到二、三十篇，你一定會成為文壇上獨樹一格的作家。

寄這封信的人就是夏目漱石，他在芥川和久米等人一起參加「木曜會」[71]後的第三個

---

68 黑澤明於一九五〇年將芥川的《羅生門》與《竹林中》改編成電影《羅生門》，主要內容幾乎都取自於後者，描述竹林中發生殺人案，三名當事者卻持不同說法，真相仍被隱藏在竹林深處，芥川藉此表達對人性的不信任。

69 《今昔物語集》：十二世紀初期成立，內容為一千多篇的「說話」（真實故事），有佛教說話和世俗說話，結構上分為印度、中國、日本三部，芥川取材的大部分是日本部。

70 下人：《羅生門》的主角。「下人」是平安時代服侍武士的僕人。

71 木曜會：夏目漱石固定將每個「木曜日」（星期四）當作接待客人的日子，因此稱為「木曜會」。

月，寫信給芥川。漱石毫無疑問是芥川的「老師」，不過就算有師生關係，當代一流作家大方稱讚一介大學生在同人誌發表的作品，轟動了當時的文壇。

芥川在自傳式作品《某個傻子的一生》（一九二七年）裡回想當時，這麼描述：

夜近破曉時分，他不知不覺站在某個街頭張望著廣闊的市場，聚集在市場的人群和人力車都開始染上玫瑰色。

他點了一根香菸，悄悄進入市場，突然一隻瘦巴巴的黑狗朝他吼叫。但他沒有被嚇到，反倒還覺得那隻狗很可愛[72]。

在市場的正中央，一棵懸鈴樹樹枝向四面八方伸展。他停留在樹下，抬起頭，視線穿透樹枝仰望天空，一顆星星恰巧在他的頭頂上閃耀著。

這是他二十五歲的那一年——認識老師第三個月所發生的事。（《某個傻子的一生》十一　破曉）

芥川龍之介，年僅二十五歲——這正是新星出現於大正文壇的瞬間。

※　菊池寬（一八八八年—一九四八年）：小說家、劇作家。日本著名出版社文藝春秋社創辦人。代表作有小說《恩讐的彼方》《真珠夫人》，戲劇有《父歸》。一高時期和芥川同學年，高三時替朋友佐野文夫的偷竊行為背黑鍋而被退學，因此沒有進入東京帝國大學，後來進到京都帝國大學。之所以能參與東大同人誌《新思潮》是因為他與芥川、久米之間的友情，在芥川的葬禮中以代表

所有朋友的身分出席。

※ 久米正雄（一八九一年—一九五二年）：小說家、劇作家。代表作有《牛奶店的兄弟》。芥川自殺前曾將遺作《某個傻子的一生》託付給他：「包括這篇作品是否要發表，連同發表時間和媒體，全權交給你。」

⁝⁝⁝

一九一八年（大正七年）二月，芥川龍之介與塚本文※結婚。文是芥川自國中時期就認識的朋友山本喜譽司的外甥女。

一九一六年（大正五年）夏天，他在上總一宮[73]的海邊度假時，寄給文一封求婚信（日期為八月二十五日），這封信相當有名。該封信有別於寫小說時的文體，用最簡單的話語誠懇表達出他的愛，其中一段如下：

我的工作是如今日本最不賺錢的工作。再加上我本身也沒什麼錢。（中略）家中有父

72 據說芥川怕狗。

73 上總一宮：位於千葉縣長生郡一宮町。

親、母親、阿姨三位老人。如果妳能接受這樣的我，請嫁給我！（中略）讓我再重複強調，理由只有一個。就是我喜歡小文！如果妳能接受這樣的我，請嫁給我！

舉辦婚禮時，芥川二十六歲，文十八歲。此時芥川終於離開養父母家，在鎌倉建立自己的小家庭。然而新婚的第一個月，阿姨蕗和他們同住。

結婚隔天，他罵妻子：「妳才剛嫁來，不可以這麼浪費錢。」這不是他要罵她，而是阿姨「命令」他這麼做。妻子不但向他道歉，還向他阿姨道歉。在道歉的妻子面前放著的是，她為了丈夫買來的黃水仙盆。（《某個傻子的一生》十四　結婚）

芥川被公認為是藝術至上主義的天才作家，然而現實生活中卻一直扮演著符合養父母和阿姨期待的「乖養子」角色。前述文章，如實呈現出飽受責罵的妻子所遭受的委屈，與夾在中間的丈夫所感到的苦惱。夫妻兩人世界的生活僅一年，一九一九年（大正八年）四月他們回到東京，只好又和養父母、阿姨一起生活。

一九一九年（大正八年）六月，芥川在岩野泡鳴主辦的聚會上認識秀茂子※。茂子算是當時的「新女性」，雖為有夫之婦卻喜愛社交，並積極參加作家們的聚會。芥川宛如跳入人生陷阱般被她吸引，認識三個月後便開始幽會，事後立刻感到後悔，卻被茂子纏著不放而十分困擾。

一九二一年（大正十年）三月，芥川以大阪每日新聞海外視察員的身分，去中國旅行長達四個月左右，據說逃避茂子是赴中國的理由之一。

※ 塚本文（一九〇〇年—一九六八年）：海軍少佐塚本善五郎之女。父親戰死在日俄戰爭後，母親便帶文回娘家。母親的弟弟山本喜譽司是芥川的朋友，於是兩人透過喜譽司相識。

※ 秀茂子（秀しげ子；一八九〇年—？）：婚前姓是小瀧。喜歡文學，在雜誌上發表過短歌，也喜愛社交，是當時的新女性。認識芥川時是有夫之婦，比他長兩歲。一九二一年生了次男，確實有「長得像芥川」的傳聞，但真相仍是羅生門。

⁝⁝ ⁝⁝ ⁝⁝

本來身體就十分虛弱的芥川龍之介，從中國旅行回來後健康驟然惡化，他忍受著神經衰弱、失眠的折磨，繼續寫作。此時，日本似乎也與芥川日漸惡化的身體狀況步調一致，逐漸邁向戰爭之路。

一九二四年（大正十三年）七月發表的短篇小說《桃太郎》，從可怕的侵略者角度描寫眾所周知的童話故事人物，清楚表明對日本軍國主義的批評。當時能夠寫出像《桃太郎》這樣作品的文學家極少，由此可見芥川擁有對現實的敏銳洞察力與真誠的藝術家精神。

然而，芥川的健康狀態逐漸將他逼向走投無路的地步，安眠藥的副作用也讓他產生了齒輪的幻覺。

半透明的齒輪一個一個蓋住我的視野。最後時刻逐步逼近，我感到恐懼，但仍用力抬起頭，繼續走過去。齒輪數目不斷增加，而且迅速地旋轉著。（《齒輪》）

一九二七年（昭和二年）一月，姊夫西川豐涉嫌詐騙保險金而自殺，於是芥川必須替他還債。芥川的神經衰弱愈來愈嚴重，腦海裡浮現著生母發瘋的模樣，讓他不禁感到恐懼——自己或許會和生母一樣發瘋。

握筆的手開始發抖，連口水都流了出來。他只在服用〇・八克的佛羅拿（Veronal）後醒來的短暫時間清醒，而且清醒時間不過半小時到一小時。他在陰暗中苟延殘喘，如同將破損的細劍當作枴杖支撐著。（《某個傻子的一生》五十一　敗北）

一九二七年（昭和二年）七月二十三日，芥川寫完以耶穌為主題的《續西方之人》，隔天二十四日半夜吞下致死劑量的安眠藥，看了一點聖經，然後一覺不醒。他已經將遺作《某個傻子的一生》委託給摯友久米正雄，其中的一節〈火花〉非常有名，描寫著他和久米等人一同度過的青春歲月：

他淋著雨，走在柏油路上，雨相當大。（中略）看到懸在半空中的一條電線發出紫色火花，心中產生一股莫名的感動。此時，他的外套口袋裡藏著要在同人誌[74]發表的稿子。他走在雨中，邊回過頭仰望那條電線。（中略）整個人生中，他並沒有特別想要的東西，除了那紫色火花——在半空中猛烈放電的火花，就算用生命來換也一定要伸手將它抓住。

（《某個傻子的一生》八 火花）

享年三十五歲。奇妙的是，芥川以作家身分活躍的時間與「老師」夏目漱石一樣僅十年，他留下的作品仍在日本文學史上有如火花般燦爛炫目。

[74] 這裡的是同人誌即指《新思潮》。

Episode 1　人生的陷阱——秀茂子：「你不覺得那個孩子長得像你嗎？」

對芥川龍之介而言，與秀茂子的關係簡直就像噩夢一場。

一九一九年（大正八年）九月，兩人相識不過三個月便開始幽會。是鬼迷心竅嗎？抑或是四月再度與養父母、阿姨同住，造成他的疲憊？

但芥川沒多久便對她喪失興趣。茂子雖為有夫之婦，卻像跟蹤狂似的纏著芥川不放。據說《某個傻子的一生》中的「瘋女人」就是指茂子。他與「七年前斷絕關係的瘋女人」再會時，女人帶著一個兒子。

那個少年不知跑哪兒去了之後，瘋女人點燃香菸，獻媚地對他說：

「你不覺得那個孩子長得像你嗎？」

「不像！首先……」

「因為世上不是有胎教這回事嗎？」

他默默移開了視線。但不能否定他心中產生殘虐的念頭——他多麼想勒死這個女人！

（《某個傻子的一生》三十八　復仇）

如此令文豪感到困擾的茂子，或許可說是個厲害的女人——「你不覺得那個孩子長得像你嗎？」

Episode 2 諷刺廣津和郎的《MENSURA ZOILI》——「不然你把莫泊桑的《一生》測量看看……」

文豪芥川龍之介絕非一開始就是文豪，俗話說「樹大招風」，他在文壇出道的方式很華麗，相對的也容易成為被攻擊的對象。在他還是「新人作家」時，當時的新人評論家廣津和郎※對其作品《菸斗》做出辛辣的批評。

對藝術家而言，自己的作品就如同自己的孩子，當孩子被批評，父母當然會生氣。芥川也不例外，不過他的反擊方法非常獨特。

其短篇小說《MENSURA ZOILI》（一九一六年）內容如下。主角「我」在船上認識了一個奇怪的男人。男人和「我」聊起一個不可思議的國家「ZOILIA」。在 ZOILIA 國，人民不自己創作，只批評別人。最近，ZOILIA 大學的教授發明了叫做「MENSURA ZOILI」的價值測定機，能將藝術作品的價值數據化。而且據男人所說，「我」的作品《菸斗》也被測定，並受到嚴厲批判。

於是「我」問男人……

「可是怎麼知道那個測定機的評價一定是對的？」

「只要測量傑作就知道！不然你把莫泊桑※的《一生》[75] 測量看看，機器立刻顯示最高分呢！」

「不過是這樣而已？」

「不過是這樣而已。」

後來，廣津和郎在其散文中提到《MENSURA ZOILI》，指出那是芥川針對他所寫的作品。

> 用那個批評之秤（指「價值測定機」）測量莫泊桑的《一生》，機器就立刻顯示最高分。（中略）這是在諷刺一、二年前我翻譯《一生》的事。覺得莫泊桑的《一生》那種小說好看而翻譯的人，怎能了解我的小說呢？那作品呈現出這種氣概。（廣津和郎《新芽》）

據說芥川對莫泊桑的評價不高，因此《MENSURA ZOILI》同時諷刺了莫泊桑和廣津和郎。然而，廣津和郎反而誇獎這個諷刺自己的作品「很有技巧」，十分有趣。個性不同的兩位作家，表現風格亦不同，可說是一場有趣的「文士」對決！

※廣津和郎（一八九一年—一九六八年）：評論家、小說家。代表作有小說《神經病時代》、評論《松川裁判》等。

※居伊・德・莫泊桑（Guy de Maupassant；一八五〇年—一八九三年）：十九世紀法國自然主義代表作家。代表作有《羊脂球》（Boule de Suif）、《一生》（Une vie）等。

Episode 3 「如果他平常砸更多花瓶的話……」——菊池寬眼裡的芥川龍之介

芥川龍之介是在一九二七年（昭和二年）七月二十四日自殺身亡。菊池寬將《文藝春秋》九月號當作「芥川龍之介追悼號」，自己也另外寫一篇文章《關於芥川的事》（一九二七年）發表於該雜誌。其中有一節如下。

> 根據登刊於《週刊朝日》的芥川家女傭人的筆記，他（指芥川龍之介）自殺的幾天前，因為發脾氣而砸了一個花瓶。雖然不知道此事真假與否；但我覺得如果他平常砸更多花瓶的話，事情可能就不會到今天這樣的地步也說不定。（菊池寬《關於芥川的事》）

芥川要「砸更多花瓶」？菊池的意思到底是什麼呢？

芥川也許是位很容易被人誤會的人；華麗的出道方式、端正清秀的容貌，也善長寫一針見血的驚語，曾經在被廣津和郎批評自己的作品時，立刻寫一篇諷刺對方的短篇小說來反擊。最後連廣津和郎都不得不誇獎其技巧高超。

---

75 《一生》（Une vie）：在日本翻譯為《女人的一生》，廣津和郎的譯本於一九一三年（大正二年）由植竹書院出版。

但事實上與他親近的人都知道，芥川的心比任何人都要容易受傷。菊池寫著：

若要舉一個例子的話，是關於興文社刊出的《近代日本文藝讀本》一事。身為完美主義者的芥川花費心血編輯此書。為了避免不公，他盡可能收錄了多位作家及其作品。芥川這樣做的目的只不過是不想對任何人失禮而已。（中略）但芥川太追求完美、文學性太高，結果賣得不好。書的版稅也僅僅幫忙編輯的幾個人才能拿到。至於芥川，連他的辛勞應得報酬十分之一都沒有吧！然而，不知為何流傳了「芥川因為那本書賺很多錢，還蓋了他的新書房」的謠言。其中也有像「利用我們貧窮作家的作品，怎麼能只有他一個人賺錢呢！」那樣抱怨的人。芥川的個性不能忽略這種謠言。對芥川而言，這是完全無法接受的流言蜚語。（菊池寬《關於芥川的事》）

《近代日本文藝讀本》全五集是在一九二五年（大正十四年），由興文社出版。興文社是專門做教科書的出版社。按照當時的慣例，教科書所收錄的作品不需要經過作家同意，但芥川很禮貌地通知每位作家，並得到他們的同意後才收錄。做事這麼有誠意還被抱怨、誤會及造謠，芥川的心裡受到了嚴重創傷。他極為敏感的神經無法承受這種刺激，導致睡眠障礙的惡化。菊池寬在文中提到：「利用我們貧窮作家的作品，怎麼能只有他一個人賺錢呢！」一事實上，如此責罵芥川的人是德田秋聲※。德田秋聲寫給興文社的抗議文，很明顯地呈現對芥川的嫉妒及誤會。

芥川的妻子文也在《二十三年之後》（一九四九年）裡提到這起事件時表示，芥川本來就是對金錢非常有潔癖的人，因此受不了這種謠言。他將自己得到的且為數不多的版稅，最後都分給作品有被收錄其中的作家們。

根據文所述，芥川自殺後，對他的死因也有很多謠言。甚至也有像「中國旅行時得了梅毒」[76]、「與女人問題有關」等完全不考慮家人感受的離譜流言。但文寫的文章完全不會被這種雜音干擾，反而充滿著對芥川的信賴。

> 梅毒云云實在太無聊，（中略）關於女人的事，雖然他本人也有寫，但我不認為那是死因。這點我這個人最清楚。我甚至認為如果他是真的可以與別的女生發生關係的人，他應該不會那樣走吧！
>
> 我們的婚姻生活僅短短十年，但那個期間我完全信賴芥川並與他一起度過。我對芥川曾有的信賴，在他過世後成為了可以讓我繼續活下去的精神支柱。（芥川文《二十三年之後》）

最後我們要回到在開頭菊池寬說「芥川要砸更多花瓶」的問題。菊池提到的「芥川家的女傭人」是指森梅子。梅子的筆記《芥川先生之死，其前後》登刊於《週刊朝日》

[76] 這個說法暗示著龍之介在中國買春。

（一九二七年八月十四日），其中提到七月二十日，芥川與阿姨蕗吵架。原因本來是微不足道的事，蕗跟芥川說：「某某作家被《文藝春秋》報導為罹患神經衰弱。」芥川聽了就回答說：「沒有這回事。」不知為何蕗非常頑固地主張，她確實看過。於是芥川拿《文藝春秋》給她看，結果沒有。蕗突然情緒失控且開始哭泣，芥川拚命安撫她：

「阿姨，請您不要再生氣，好嗎？都是我不好。阿姨，求求您。」老師這麼溫柔地安撫老人家。但過一會兒後，突然從庭院的方向響起奇怪的聲音。我走去那裡看，發現老師把本來放在房間裡的花瓶拿起來砸在庭院的石頭上。後來聽別的同事說，老師第一次丟花瓶的時候，它剛好落在土上且完好如初，於是再拿起來重新砸在石頭上。然後，直接走上二樓。（森梅子《芥川先生之死，其前後》）

菊池知道這件事後很有感概，指出芥川應該要砸更多花瓶，並寫著：

我認為他是位氣質太好的都會人，因此一直忍耐這些瑣碎的事，實在忍耐太久了。（菊池寬《關於芥川的事》）

菊池寬與文的文章有共通之處；兩個人都對於龍之介的人格完全信賴。如果他是可以與別的女人發生關係的壞丈夫，如果他不是那麼乖、那麼高尚、那麼能忍耐的孝順養子，芥川可能不會那麼匆忙地離開人世也説不定！

摯友菊池寬及最愛的妻子文，從他們的文章裡，我彷彿聽到他們的悲泣……

※ 德田秋聲（一八七二年—一九四三年）：小説家。被認為自然主義文學的代表性作家。代表作有《化裝人物》《縮影》等。

〔附錄1〕芥川龍之介關係圖

菊池寬（摯友）→設立「芥川賞」→芥川龍之介

夏目漱石（文學之師）←唯一尊稱為「老師」←芥川龍之介

蕗（阿姨）→養育→芥川龍之介

芥川龍之介→委託「遺作」→久米正雄（摯友）

芥川龍之介←跟蹤狂？←秀茂子（曖昧對象）

芥川龍之介↔塚本文（妻子）

芥川龍之介↔吉田彌生（初戀對象）

〔附錄2〕芥川龍之介年略圖

西元	日本年號	年齡	事項
一八九二	明治25		3月，出生於東京市京橋區入船町，因母親精神異常，成為母親娘家芥川家的養子
一九一三	大正2	21	9月，東京帝國大學英文系入學

年份	年號	年齡	事蹟
一九一五	大正4	23	春天，決定與去年開始交往的吉田彌生結婚，但遭養父母反對，以悲劇收場 **《羅生門》**
一九一六	大正5	24	2月，與菊池寬、久米正雄等人創刊第四次《新思潮》，《鼻子》登刊於創刊號獲夏目漱石稱讚，一躍成為文壇新星
一九一八	大正7	26	2月，與塚本文結婚 **《奉教人之死》**
一九二一	大正10	29	3月，以大阪每日新聞海外視察員的身分，赴中國長期旅行 7月底，回國
一九二二	大正11	30	**《竹林中》《六宮公主》**
一九二四	大正13	32	**《桃太郎》** 健康逐漸惡化，因安眠藥副作用，產生齒輪的幻覺
一九二七	昭和2	35	**《河童》** 7月24日半夜，嚥下致死量的安眠藥後，看了一點聖經，然後一覺不醒 **《齒輪》** **《某個傻子的一生》**

第五章

川端康成

Yasunari Kawabata

- 生卒年　一八九九年（明治三十二年）－一九七二年（昭和四十七年），七十二歲
- 出生地　大阪市
- 派別或主義　新感覺派
- 代表作　《伊豆的舞孃》《雪國》《掌小說》《山之音》《古都》

在美麗與哀愁的國度旅行的文豪

一九六八年（昭和四十三年），川端康成。他榮獲諾貝爾文學獎獲頒諾貝爾文學獎的日本人，同時這也是全日本普天同慶的一大壯舉。

此後，川端名副其實成為國內最偉大的文豪。然而，短短四年後的一九七二年（昭和四十七年）四月，他卻在工作室自殺身亡。

在人生的巔峰，為何要結束生命呢？

事實上，川端的人生從出生時便充滿了死亡的陰影。

他滿二歲時父親過世，三歲時母親逝世。十五歲那年，養育他的祖父也離開人世，於是他成了孤兒。

此外，川端成為文壇上具代表性的作家後，便在許多作家的葬禮上誦讀祭弔文，也寫追思文。據說其祭弔文有名到對於作家們而言，由川端為自己唸祭弔文是此生最後的榮譽。不論是畏友橫光利一※或恩人菊池寬，還是小他二十六歲的三島由紀夫，其葬禮委員長都是由川端擔任。

川端的人生總是與死後的世界有著密切關係，也因此即使他擁有精彩無比的人生閱歷，其生平卻教人感到寂寞又悲哀。

三島由紀夫曾經稱川端為「永遠的旅人」[77]，川端的背影也確實有著隻身旅行的孤獨感。

川端康成，究竟在什麼樣的國度旅行呢？

⋮⋮　⋮⋮　⋮⋮

一八九九年（明治三十二年）六月十四日，川端康成出生在大阪市北區此花町。他雖是長男，但還有一個大他四歲的姊姊芳子。

據說川端家的祖先是北条泰時※。父親榮吉是位醫生，在川端滿二歲時過世。令人難以置信的是，母親驗也在隔年過世，於是川端由祖父母領養，然而芳子卻被別戶人家領養，從此姊弟倆天各一方。

川端滿七歲時祖母去世，此後便與失明的祖父三八郎兩人一起生活，但不幸尚未結束——三年後芳子也過世了！當時芳子才十四歲。

一九一四年（大正三年）五月祖父過世後，川端變成孤兒。祖父晚年幾乎臥病在床，川端把祖父生命中的最後一個月記錄在日記上，一九二五年（大正十四年）以標題《十六歲的日記》發表。「《十六歲的日記》的十六是虛歲，足歲是十四。這篇作品幾乎如實呈現大正三年（一九一四年）五月的十六歲時的我。」川端本人這麼說。

《十六歲的日記》裡描寫祖父無法自行如廁，著急等待川端從中學回來，反覆問道：「可以幫我接小便嗎？」有時還會忘記剛才用過餐，又要求道：「可以給我飯吃嗎？」已是這種狀態的祖父，卻又會突然驕傲地來說道：「我們一家從北条泰時至今已經有七百年的歷史。」

值得注意的是，十四歲的川端竟如此冷靜平淡地描述眼前的悲慘遭遇，這絕對不是普通中學生能做到的事。從此可見，川端天生擁有作家之眼。

※橫光利一（一八九八年—一九四七年）：日本近代文學中具代表性的作家。與川端一起創刊《文藝時代》，文學史上被歸類為新感覺派。代表作有《日輪》《上海》《機械》《紋章》等。

※北条泰時（一一八三年—一二四二年）：鎌倉幕府第三代執權。執權是一二〇三年至一三三三年，北条家世襲的鎌倉幕府最高職位。

⁝⁝　⁝⁝　⁝⁝

一九一七年（大正六年）三月，川端康成從茨木中學畢業，為報考第一志願的第一高等學校（以下簡稱「一高」）而出發去東京。九月，他順利考上一高，卻無法適應宿舍生活而陷於憂鬱狀態。隔年秋天，川端一時興起獨自去旅行，旅行的地點是伊豆。

(77) 三島曾經寫過一篇文章〈永遠的旅人——川端康成與其作品〉，收錄在一九五六年村山書店出版的《龜趕得上兔嗎》。

二十歲的我認為自己孤兒出身，造就了扭曲的性格，於是不斷嚴厲地自省，最後承受不了那種令人窒息的憂鬱狀態，決定去伊豆旅行。（《伊豆的舞孃》）

在旅途中認識了旅藝人[78]一家，其中有位十四歲的舞孃。這位少女正是初期川端代表作《伊豆的舞孃》（一九二六年）的雛形人物。「《伊豆的舞孃》是我的小說中少見的寫實作品。」正如川端所言，其內容大部分都是基於事實。

作品裡描寫到舞孃薰與大嫂千代子的對話被主角「我」所聽到的場景：

「他人很好。」

「這點沒錯，他好像人很好。」

「他真的人很好！好人真好，對不對？」

她說話的模樣既天真又爽朗。（中略）連我都能單純相信自己是個好人。我以輕鬆愉快的心情抬頭眺望明亮的群山，眼皮裡感到微微疼痛。（《伊豆的舞孃》）

薰的這句「他人很好」是出自於單純的好意。本以為「自己孤兒出身，造就了扭曲性格」的川端聽到這句話，感動得快流下淚來。

另外值得一提的是，小說中薰的哥哥名叫「榮吉」，而川端的父親也叫做榮吉，兩人同名。當時，旅藝人被認為是社會最底層的職業，備受歧視，川端的作品中也有這樣的描述——「有些村莊的出入口」擺著「乞丐與旅藝人不可進入」的立牌。

川端為何要將旅藝人的角色名取作與父親同名呢？或許是因為和旅藝人一家經過幾天的相處，讓他想起年幼時失去的「家人」吧。

總之，這趟伊豆之旅如同神明賜給他的禮物，療癒了當時憂鬱的心，而且不僅如此，還讓天生擁有作家之眼的川端，在職業受到歧視或際遇悲慘的女性身上，發現了獨特的「美」。這點與將湯澤溫泉的藝妓作為雛形人物的《雪國》有共同之處。

川端文學中的女性角色，給讀者的印象既美麗又悲哀，《伊豆的舞孃》的薰也可說是這些女性角色的原型。

⁝⁝ ⁝⁝ ⁝⁝

伊豆之旅結束後，川端康成有了轉變——開始與朋友來往，甚至相約去咖啡廳「物色女給」[79]。一九二〇年（大正九年）七月，川端從一高畢業，進入東京帝國大學英文系（後

---

[78] 旅藝人：巡迴各地賣藝的人。詳見《日本復古新語・新鮮事》〈第四章　社會問題・事件篇〔本篇〕兒童虐待防止法〉。

來轉到國文系）。

他在大學時代與今東光※等人企畫創刊第六次《新思潮》，而此時，創刊第三、第四次《新思潮》的芥川龍之介與菊池寬正在文壇上大放異彩，於是川端拜訪了菊池寬，並得到他認可川端得以繼承《新思潮》。菊池一眼就看出其才華，之後在物質與精神上都予以協助，也介紹他認識橫光利一。後來菊池過世，川端為其朗誦的祭弔文中有這麼一句話：「我蒙受菊池先生的大恩。」

那時，川端在本鄉的咖啡廳飛翔（Café Élan）認識了女給伊藤初代，並深受其吸引。初代出身於東北地區。初代這個名字的日文為「hatsuyo」，但是她唸自己的名字時聽起來像「hachiyo」[80]，再更縮短又唸為「chiyo」（千代），於是「千代」便成為她的通稱。以初代為題材的作品又稱為「千代物」（川端寫給初代的信上也使用「千代」這個稱呼）。

「千代物」共有四十幾篇以上，由此可見與初代的相識影響川端之深。雖然這些作品中都將其名改成「弓子」或「道子」，但據說《篝火》（一九二四年）《非常》（一九二四年）《南方之火》（一九三四年）所描寫的內容幾乎都是事實。

《南方之火》中有如下的情節。某天，主角時雄（即川端）在「東京的小咖啡廳」突然覺得不舒服，於是借了「有梳妝臺的房間」[81]休息。此時弓子走了進來，坐在躺著的時雄旁邊開始化妝。

> 過了一會兒，房間的顏色突然變了，於是他移動視線，發現弓子一絲不掛的瘦小身軀

站在隔壁房。她脫下身上所有衣服，將一條新的腰卷圍繞在身上[82]，倏忽，腰卷的顏色在房間中暈染開來。（中略）原來她是個這麼小的孩子……（《南方之火》）

以前時雄只看過有化妝的弓子，熟識她接待客人的世故模樣，以為她二十歲左右；此時看到弓子的裸體，才知道原來她不過是個十幾歲的少女。

事實上，初代出身貧困，只讀了三年的小學，才十來歲就要從事酒店小姐般的工作。而文中對於其裸體的描述完全感受不到情色，只有深切的悲哀。

川端開始愛上初代。可是飛翔的女主人[83]山田升突然決定關閉咖啡廳，前往臺灣，將無處可去的初代託付嫁給岐阜縣西方寺住持的姊姊撫養[84]。

---

79 當時盛行以特定「女給」（咖啡廳女服務生）為目標而去咖啡廳的文化。實際上，女給的工作比較貼近酒店小姐。詳見《日本復古新語・新鮮事》〈第一章　風俗・習慣篇〉。

80 伊藤初代是東北岩手縣出身，當時東北出身的人口音比較重。

81 有梳妝臺的房間：女給們的更衣室兼化妝室。

82 日本和服裡會以一塊叫做「腰卷」（女性內衣的一種）的長布圍在腰間，以遮住腰部到腳踝。

83 當時日本的咖啡廳模仿法國的咖啡廳，咖啡廳女老闆以法文稱作「madame」。

84 日本的僧侶可以結婚。

一九二一年（大正十年）九月，川端下了一個重大決定——和朋友一同前往岐阜。遠在西方寺的初代，被迫做刷牆壁等粗活。

同年十月，川端再次前往岐阜，在長良川河邊的旅館向初代求婚。根據《篝火》的敘述，當下的「我」過於緊張，用嘴唇叼著菸時，牙齒甚至「咯咯作響」。兩人之間的對話如下：

> 「那麼，妳怎麼想呢？」
>
> 「我無話可說。」
>
> 「咦？」
>
> 「我沒什麼可說的。您只要願意娶我為妻，我就很幸福了。」（《篝火》）

隨後，初代（《篝火》中名為「道子」）在旅館泡了溫泉，回到房間。

> 道子不看我的臉，手在提袋中摸索，然後拉開紙門走到走廊。我猜她可能不好意思在房間裡化妝，我也故意不看她。過一陣子，（中略）我往走廊一瞧——道子朝著河流，臉貼在欄杆上，雙手摀住眼睛。（《篝火》）

原來初代躲在走廊哭泣。那晚，兩人站在旅館的走廊上欣賞鵜飼[85]捕魚，船上的火堆非常明亮，彷彿就「站在火堆之中」。

我擁抱著篝火，凝視著道子在熊熊火焰的映照下忽隱忽現的臉龐，想必這是她人生中最美麗的一刻。（《篝火》）

就這樣，兩人立下婚約──男方滿二十二歲，女方滿十五歲。此時的川端感到無比的幸福。隔月，川端赴岩手縣拜訪女方父親，兩人的婚約獲得父親的同意；回到東京後，他也向菊池報告婚事，並拜託他：「如果有翻譯之類的工作，請介紹給我。」

根據《文學自傳》（一九三四年）的記述，菊池用力點頭說：「最近我計畫要去西方國家待個一年，這段期間你可以住在這裡。我會先付給房東一年份的租金，每個月再給你五十圓，也會幫你好好拜託芥川（龍之介）君，請他向雜誌社推薦你的小說。」

這正是無上的祝福，川端感到前途一片光明。然而，他在十一月上旬收到初代的來信，信上竟然寫著要取消婚約……

※ 今東光（一八九八年─一九七七年）：小說家。以純文學作家出道，後來改寫大眾小說。代表作有第三十六屆直木賞得獎作品《阿吟小姐》。

(85) 鵜飼：日本傳統捕魚法。船隻上點燃篝火予以照明，並用「鵜」（鸕鶿）作為道具捕魚，又以岐阜縣長良川最著名，爾後成為觀光表演的一種。

⋯⋯

初代的信（日期為十一月七日）帶給川端康成極大的打擊。《非常》與《南方之火》中也引用了這封信的內容，其中一段如下：

確實我與您結下山盟海誓，但是我發生了一個非常情況，而且無法奉告。如今這番話您一定會覺得奇怪，一定會要我解釋那個非常情況。然而要我告訴您，我寧可去死！請當作這個世界上沒有我這個人吧……（《非常》）

文章中的「我發生了一個非常情況」並非一般日語用法。《非常》的主角「我」也不懂這句話，困惑地說：「非常。非常。非常是什麼意思……」這應該也是當時川端本身的困惑。

川端不顧一切跳上開往岐阜的火車。初代在信上提到「要離家出走」，不過到了西方寺，她還在那裡。時隔一個月見到初代的身影，讓川端相當震撼。《非常》中描述了她（作品中叫「道子」）的模樣：

這個女孩子哪裡像一個月前的道子？她身上哪一點像年輕女孩？不過是痛苦凝縮而成

的形骸。

她的臉浮著一層白粉，絲毫沒有一點人的血色，皮膚像乾魚的鱗片一樣粗糙。眼神恍惚，彷彿只看著腦中的自己。（《非常》）

川端無法了解初代的身上到底發生了什麼事，於是先獨自回東京。他想盡辦法要初代來東京，然而沒多久就收到她的信，信上寫著：「我恨您。」（日期為十一月二十四日）兩人的關係就這樣突然結束了。

一九二一年（大正十年），對川端的人生有著重大意義——與初代的相戀，讓他體驗到天堂與地獄的滋味；另一方面也成功在文壇出道。

他在《新思潮》第二號發表的《招魂祭一景》獲得菊池寬的讚賞，透過菊池的介紹也認識了芥川龍之介與久米正雄，踏出作家的第一步。

一九二四年（大正十三年），川端於東京帝國大學畢業，同年與橫光利一等人一起創刊同人誌《文藝時代》。這群文青被稱為「新感覺派」，為大正末期的文壇灌注一股新氣息，尤其是川端與橫光，一躍成為代表新感覺派的作家，奠定了在文壇上的地位。

但是，伊藤初代的事件在川端心中留下深深的傷痕——事實上，一九二三年（大正十二年）他已經知道所謂「非常」事件的真相。

真相究竟是什麼呢？

Episode 1 「非常」事件的真相——伊藤初代究竟發生了什麼事？

有時，女生擁有不同於男生的情報網。一九二一年（大正十年）的川端康成並不知道「非常」事件的真相，然而咖啡廳「飛翔」對面的香菸店老闆娘居然知道實情。川端的朋友石濱金作※將從老闆娘那裡得知的消息轉述給川端。一九二三年（大正十二年）十一月二十日的日記上，川端寫下這個衝擊性的事實。

千代在西方寺被僧侶強暴。

值得注目的是，將初代當作題材撰寫《篝火》《非常》《南方之火》時，他已知悉事實的真相，然而作品中卻隻字未提，又或是無法這麼做。

然而，倘若了解這個事實，在閱讀這些作品時就能察覺到文中部分具暗示性的話語。例如見到撫養初代的西方寺住持時，對其第一印象的描寫：

- 院政時代[86]的山法師[87]，身材極為高大的和尚（《篝火》）
- 「院政時代的山法師」、「身材極為高大的和尚」（《南方之火》）
- 如院政時代的山法師般身材魁梧的養父（《非常》）

《篝火》與《南方之火》中的形容如出一轍，《非常》也幾乎一致，總之就是十分強調養父的暴力形象。

然而，一九二一年（大正十年）十一月在岐阜看到完全變了樣的初代時，川端卻無法理解「非常」的意思。信上雖寫著「要離家出走」，但初代仍留在寺院，於是川端開始懷疑信中內容並非屬實，或許不過是初代在這一個月不斷與養父母吵架而疲憊不堪罷了。

> 我開始懷疑，那封信的內容是假的……是個謊言！（《非常》）

後來，川端接到初代於十一月二十四日所寫的信，信中的「我恨您」應該就是指川端對她的懷疑。

這正是一場淒慘的悲劇。純情的川端與初代之間並沒有發生肉體關係，同時考慮到女方的年齡，川端甚至打算婚後也暫時不要有性行為。

> 時雄所想像的結婚，並非是兩人正式成為夫妻，而是與弓子一起變回小孩子。（中略）因為他們倆從年幼時便失去了家庭，從未保有一顆赤子之心。因此希望能合二人之力，挖掘出早已埋葬的童心。（《南方之火》）

---

86 院政時代：平安時代後期，白河、鳥羽、後白河三代上皇（已退位的天皇）所執政的時代。

87 山法師：在院政時代相當囂張的武裝和尚，另稱為「僧兵」。

這是一場自小便是孤兒的二十二歲青年所做的悲夢。這個夢被野獸般的中年和尚蹂躪、玷汙。

二〇一四年在鎌倉的川端家，發現十封初代寫給川端的信，與一封川端寫給初代但沒有寄出的信[88]。由此得知，實際上初代寫的信與川端在作品中引用的信件內容，除了修改明顯的錯字[89]之外，可說是完全一致。

直到七十二歲自殺的這五十年來，川端都珍藏著初代寄給他的信與他沒寄出的信。未寄出的信中最後一段如下：

不管別人說什麼，妳相信我就對了。（中略）若有人說妳壞話，我都會替妳承擔。關於令尊的事請放心。莫非是妳生病了嗎？若是如此，請告訴我，即使是一張明信片也好，就按妳心裡所想的寫就好！

千代小姐

康成

※ 石濱金作（一八九九年—一九六八年）：作家。與川端等人一起創刊第六次《新思潮》，也參與一九二四年創刊的《文藝時代》。

Episode 2　川端康成的怪癖——令人恐懼的獨特目光

很多人指出川端康成有一個怪癖——不發一語、目不轉睛地盯著對方的臉。川端本來就有著一對大眼睛，再加上他身材纖瘦，年紀越大越令人感覺眼睛特別凸出，且炯炯有神。因此被他盯著看的人都會感到相當尷尬，甚至產生恐懼感。據所謂「川端康成傳說」，負責川端的編輯一定要是女生，年輕漂亮更是必備的條件！川端成為知名作家以後，各家出版社為了要拿到他的稿子，將嚴選的美女編輯派到川端公館。但只要對方是美女，就可以順利拿到他的稿子嗎？事情當然沒有那麼簡單。根據三島由紀夫《永遠的旅人——川端康成的為人及作品》（一九五六年）所述，有一天新人女編輯第一次被派到川端公館發生了一件事。

不知道要說運氣不好還是好，那天都沒有別的客人。但川端整整三十分鐘，不發一語的直盯著她看，那位女編輯終於忍不住，「哇！」地大哭起來。（三島由紀夫《永遠的旅人——川端康成的為人及作品》）

⑱ 川端從一九三五年（昭和十年）直到過世為止都住在鎌倉。

⑲ 信中初代稱呼川端時，會把「あなた」（你）寫成用在對方為女性時的用語「貴女」，但是正確寫法為「貴方」或「貴男」。

但對川端而言，這樣看人的習慣並無惡意，只不過是他自年輕時就有的習慣而已。川端在《日向》（一九二三年）寫了一段如下。

> 我這個人有著怪癖——不客氣地直視周圍的人，大部分的人因此感到很大的困擾。雖然我一直想改掉這個惡習，但不看又感到痛苦。每次發現自己又做一樣的事，我會對自己感到一種很強烈的厭惡。我不得不想，或許是因為年幼時便失去父母及自己的家而被他人照顧，總是看人的臉色長大的我，才會變成這樣的人。（《日向》）

請大家想起《伊豆的舞孃》的一句話。

> 我認為自己孤兒出身，造就了扭曲的性格，於是不斷嚴厲地自省……

所謂「性格扭曲」裡應該有包括自己看人時的習慣。川端認為這個怪癖是他的成長背景所造成的。這樣的孤獨、寂寞及悲哀，形成了川端康成文學的基礎。

但關於川端的這個怪癖，也有滿有趣的軼事。根據川端的散文《熱海與盜竊》（一九二八年）敍述。

一九二八年（昭和三年）一月，川端夫妻為了避寒而到熱海[90]租一棟房子。有一個晚上居然遭小偷！小偷悄悄地溜進臥房時，川端還醒著。但那天剛好梶井基次郎※住在他家，因此剛開始川端以為是梶井基次郎來找東西，後來是因為那個人的動作行為太過詭異，才知道是盜賊。剎那間川端也不知所措，只好默默看著對方。本來小偷背對著川端，正在物色房間裡的東西，突然感覺到什麼似地回過了頭。兩對視線在半空中交錯一會兒，小偷忽然嘆了一口氣說：「不行嗎？」——就這樣，他什麼都沒拿，便逃之夭夭了。

小偷的視線敵不過文豪的目光！他在黑暗中和川端對視時，可能感到一種莫名的恐懼也說不定。滑稽的是小偷竟問了川端一句「不行嗎？」就算身為文豪，這個鬼問題川端也不知道該怎麼回答才對吧！

※ 梶井基次郎（一九〇一年—一九三二年）：小說家。雖然因肺結核而早逝，但留下像寶石般的短篇小說，以他的名字刻在日本近代文學史上。代表作有《檸檬》《有城樓的小鎮》等。

⑽ 靜岡縣熱海市，以溫泉為名。川端康成比較習慣去伊豆湯之島，這次算是例外。

Episode 3　直到完成最曠日廢時的巨作——《雪國》

川端康成畢生的代表作無疑是《雪國》。

英文版於一九五六年出版，由塞登史帝克※翻譯，標題為Snow Country，據説這對川端獲得諾貝爾文學獎有很大的貢獻。

《雪國》的確是國際知名度最高的日本文學。然而，對許多外國讀者而言，這篇被譽為日本文學最高傑作的《雪國》，其篇幅卻意外的短。相較於以長篇小説為主的歐美文學，《雪國》與其説是長篇，頂多是稍微長一點的中篇而已。

但是《雪國》從執筆到完成，可是川端花費最多時間的作品。

川端開始寫作《雪國》是一九三四年（昭和九年），隔年一月第一章〈夕景色之鏡〉在雜誌《文藝春秋》上發表後，斷斷續續地書寫下去。第一本單行本《雪國》於一九三七年（昭和十二年）出版，接著也繼續寫作續篇。戰後的一九四七年（昭和二十二年）十月，川端終於將最終章〈續雪國〉發表於《小説新潮》。從執筆開始計算，居然歷經了十三年！在戰火中孜孜不倦地寫作無關於戰爭的作品，這點與谷崎潤一郎寫《細雪》時的狀況十分類似。

完成版《雪國》於隔年的一九四八年（昭和二十三年）出版後，又再做修改，於一九七一年（昭和四十六年）出版《定本　雪國》，可説總共花了三十七年的歲月。

一九七一年是川端康成自殺的前一年。關於其自殺理由眾説紛紜，沒有定論，或許對已出版《定本　雪國》的川端來說，這世界已無所眷戀了。

《雪國》被視為日本文化的精髓，但是這篇作品所描寫的世界真的存在於現實的日本嗎？難道不是一個只有川端才抵達得了的美麗與悲哀的國度嗎？

一九四七年（昭和二十二年）十月，《雪國》最終章登刊在雜誌上，川端同時發表了一篇有名的散文《哀愁》，其中一節如下：

> 戰爭中，尤其是戰敗後，我比以前更深信日本人沒有能力感受真正的悲劇與不幸。沒有這樣的感受力，就代表著感受的客體也不存在。
>
> 戰敗後，我只好回到日本固有的悲哀裡。我不相信戰後所謂的世道與風俗，也不相信所謂的現實。（《哀愁》）

原來不只《雪國》，《千羽鶴》（一九五二年）《山之音》（一九五四年）《睡美人》（一九六一年）《古都》（一九六二年）等，川端在戰後陸續發表的傑作與名作，都與他對於戰後的日本感到強烈的疏離感密切相關。

一九七二年（昭和四十七年）四月十六日，川端在逗子的工作室含煤氣管自殺。這位文豪悄悄回到「日本固有的悲哀」裡，享年七十二歲——就在獲得諾貝爾文學獎的四年後……

※ 愛德華・塞登史帝克（Edward Seidensticker；一九二一年—二〇〇七年）。日本文學研究者、翻譯家。翻譯的日本文學除了川端康成的作品外，也有谷崎潤一郎的《細雪》（*The Makioka Sisters*）等。

〔附錄1〕川端康成關係圖

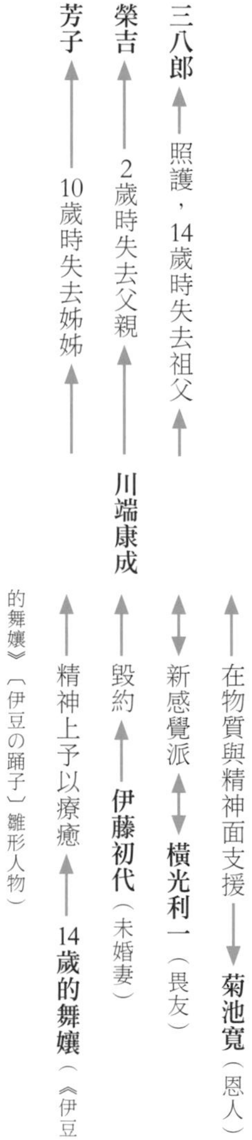

三八郎 ←照護，14歲時失去祖父→ 川端康成

榮吉 ←2歲時失去父親→ 川端康成

芳子 ←10歲時失去姊姊→ 川端康成

川端康成 ←在物質與精神面支援→ 菊池寛（恩人）

川端康成 ←新感覺派→ 橫光利一（畏友）

川端康成 ←毀約→ 伊藤初代（未婚妻）

川端康成 ←精神上予以療癒→ 14歲的舞孃（《伊豆的舞孃》〔伊豆の踊子〕雛形人物）

〔附錄2〕川端康成年略圖

西元	日本年號	年齡	事項
一九〇八	明治32		6月，出生於大阪市北區此花町
一九〇一	明治34	2	1月，父親榮吉過世
一九〇二	明治35	3	1月，母親源過世

一九〇九	明治42	10	7月，姊姊芳子過世
一九一四	大正3	15	5月，祖父三八郎過世，變成孤兒 **《十六歲的日記》**
一九一七	大正6	18	第一高等學校入學
一九一八	大正7	19	獨自去伊豆旅行，認識14歲的舞孃
一九一九	大正8	20	在咖啡廳飛翔（Café Élan）認識女給伊藤初代
一九二〇	大正9	21	東京帝國大學英文系入學（後轉國文系） 計畫創刊第六次《新思潮》，並拜訪菊池寬， 此後在物質面與精神上都受其援助
一九二一	大正10	22	發生伊藤初代所謂的「非常」事件 **《招魂祭一景》**
一九二四	大正13	25	與橫光利一等人創刊《文藝時代》
一九二六	大正15・昭和1	27	**《伊豆的舞孃》**
一九三五	昭和10	36	擔任芥川賞評審委員 《雪國》第一章登刊於《文藝春秋》
一九四七	昭和22	48	完成《雪國》（從執筆開始共花十三年）
一九六八	昭和43	69	10月，獲得諾貝爾文學獎
一九七二	昭和47	72	4月16日，在逗子的工作室含煤氣管自殺

第六章

太宰治

Osamu Dazai

- 生卒年　一九〇九年（明治四十二年）—一九四八年（昭和二十三年），三十九歲
- 出生地　青森縣
- 派別或主義　無賴派
- 代表作　《晚年》《富嶽百景》《跑吧！梅洛斯》《御伽草紙》《斜陽》《人間失格》

生而為人，我很抱歉

太宰治是一位題詞及警句的天才。

「生而為人，我很抱歉。」多少人受到這句話的震撼。活在社會上誰不受苦，於是想把責任推給別人——不對的是父母、錯的是老師、壞的是主管，然後說整個社會都對不起自己。然而，「生而為人，我很抱歉」這句話責怪的不是別人，而是自己。不知道太宰治到底是在對誰道歉？或許他是在替我們所有人道歉……

太宰治沒有受洗，卻熟讀《聖經》，其作品《越級申訴》（一九四〇年）將出賣耶穌的猶大當作主角，《東京八景》（一九四一年）裡也寫道：「上帝是存在的。」

值得注意的是，「生而為人，我很抱歉」是短篇小說《二十世紀旗手》（一九三七年）的題詞，華麗的標題與消極的題詞帶給讀者矛盾感。

「矛盾」就是其生涯的關鍵詞。

例如，他在二十七歲時出版了第一本作品集《晚年》（一九三六年）——太宰治居然想出這樣的標題。

我一寫完作品就放在一個大紙袋裡，陸陸續續裝在裡面。（中略）我在紙袋上用毛筆寫了「晚年」兩個字，我想將它當作那一系列遺書的主標題。（《東京八景》）

據說他以寫「遺書」的心情創作《晚年》，並計畫在全部寫完後自殺。然而在卷首的短篇〈葉〉的題詞引用了魏爾倫※的詩句：「我被選中了，在我的心中兼具狂喜與恐慌。」也就是說，太宰治自信滿滿地自稱是「被選中的藝術家」。這真的是要自殺的人會說的話嗎？也可說他在身為作家的起點就已隱含著「矛盾」。

※ 保爾・魏爾倫（Paul Verlaine；一八四四年—一八九六年）：法國詩人，象徵派始祖。

⋮⋮ ⋮⋮ ⋮⋮

太宰治的本名叫津島修治，一九〇九（明治四十二年）六月十九日出生於青森縣北津輕郡金木村，是富裕大地主家的六男。父親津島源右衛門是貴族院議員。母親身為政治人物的妻子，相當忙碌，於是將太宰治交給姑母養育，讓年幼的他誤以為姑母是親生母親。太宰治看起來是個人人稱羨的幸福少爺，實際上卻是在複雜的家庭環境中成長。

姑母說：「因為你長得不好，至少個性要可愛一點。因為你的身體很虛弱，至少內心要堅強一點。因為你很會說謊，至少行為要端正一點。」（《葉》）

單看這裡便能感受到太宰治對自己的外貌感到自卑。高中二年級時，他發行同人誌《細胞分裂》，並連載以自己的童年為題材的《無間奈落》（一九二八年），其中也提到對外貌十分自卑；然而，看當時的照片就知道，太宰治其實是一位眉清目秀、瀟灑風流的少年。如此這般，其言語中事實與虛構的界線十分模糊。當讀者以為自己了解太宰治，卻會在下一個瞬間發現完全不同的「太宰治」而感到困惑，然而就在困惑的同時也深受迷惑。

太宰治文學有一股魔力，尤其影響年輕讀者甚深。這股不可思議的力量牢牢抓住他們的心，讀者深信太宰治能理解自己的煩惱與脆弱。然而，這是真實的太宰治嗎？抑或只是作品中虛構的「太宰治」呢？——「因為你很會說謊。」

太宰治迷戀文學，是從一九二五年（大正十四年），青森中學二年級的時候開始。同年十一月，他跟朋友一起創刊同人誌《蜃氣樓》。太宰治最崇拜的偶像作家是芥川龍之介。一九二七年（昭和二年），太宰治以第四名的成績畢業於青森中學，順利進入弘前高中。到此為止，太宰治算是一位有為的青年。同年五月二十一日，太宰治去聽在青森市公會堂舉行，由改造社[91]所主辦之文藝演講會。而剛好在從北海道返途路上的芥川龍之介，也臨時參加了該演講會，這讓太宰治簡直欣喜若狂！但卻在僅僅兩個月之後的七月二十四日，芥川龍之介自殺身亡。芥川死了的消息帶給太宰治極大的衝擊，自己的偶像居然這麼

---

[91] 對於當時的純文學作家而言，改造社跟中央公論社都是一流的出版社。

簡單地便從這個世界上永遠消失的這個事實，令他相當難以置信。高中時期的太宰治留下好幾張右手的拇指及食指放在下巴上的照片。這是芥川龍之介的招牌姿勢。當時很多文青模仿這個動作，太宰治也不例外。這些照片呈現出他很可愛的一面。

但從這個時期開始，太宰治的人生道路開始偏離菁英之道，失去方向並陷於迷惘。以高中生的身分出入花街柳巷，並認識當時十五歲的藝妓紅子。「紅子」是花名，本名為小山初代，她後來成為太宰治的第一任妻子。

如前所述，太宰治在高中二年級時發行同人誌《細胞分裂》，這不僅是他一個人編輯製作的同人誌。除此之外，他還大膽地向東京的新人作家邀稿。雖然他們在文壇上的地位還不高，但不管怎麼樣，也算是職業作家，理論上不可能理會這個自不量力的高中生——結果，幾位作家真的將短篇小説、散文等作品寄了過來！難道他們是看透太宰治的非凡潛能才這樣做的嗎？非也。事實上，理由很簡單，這個高中生所給的稿費比東京一流雜誌的稿費高出很多而已。太宰治在《細胞分裂》連載的《無間奈落》，其主角是利用自己的權力及財力欺負佃農的大地主（雛型為自己的父親源右衛門。當時已過世），但他自己也充分利用富家少爺的特權。這也是一種矛盾。將稿子寄過來的作家裡，有與太宰治緣分很深的人——井伏鱒二※。

過這樣的高中生活，讓太宰治的成績一落千丈。一九二九年（昭和四年）十二月十日，期末考的前一天，太宰治吞下大量的安眠藥企圖自殺而未遂。關於自殺的原因，研究者的看法也不見得一致，但成績太差恐怕畢不了業應該算是主要原因之一。因為這個自殺未遂事件，他向學校申請病假，寒假都在大鰐溫泉[92]療養，這又是少爺的特權！就這樣子有點莫名其妙地成功畢業於弘前高中，並且考上東京帝國大學法文系。

爾後，太宰治在人生中每逢遇到大問題就企圖自殺。因此有人認為太宰治的自殺都是假裝，他根本沒有真正想死的意圖。但精神科醫生岩波明指出太宰治的親戚裡也有兩個自殺的人，從此可見，太宰治本人很有可能也罹患著遺傳性精神疾病，而他的多次自殺都能以憂鬱症的發作來解釋。

※ 井伏鱒二（一八九八年—一九九三年）：昭和時代的代表性作家之一。代表作有《山椒魚》《黑雨》等。

⁝⁝ ⁝⁝ ⁝⁝

一九三〇年（昭和五年）四月，太宰治進入東京帝國大學法文系。大家可能會感到疑惑，高中畢業時成績很差的太宰治，為何能順利考上東京帝國大學？事實上，當時東京帝

[92] 大鰐溫泉：位於青森縣南津輕郡大鰐町的溫泉。

國大學的法文系是非常冷門的科系，只要報考的人幾乎都會考上。太宰治從來沒有學過法語，比較合理的解釋或許是太宰治只想要一個能光明正大去東京的理由罷了。

那麼想去東京的理由只有一個；就是要成為作家。走投無路的他，去東京是說明了他背水一戰的決心。事實證明，太宰治到東京後立刻去找透過《細胞分裂》所認識的井伏鱒二，拜井伏為師。至於東京帝國大學，雖然他有入學，但都沒有去上課。

當時的文壇有不成文的規定；如果你想當職業作家，必須先做其他作家的弟子，開始一種「文學修行」。以後倘若你夠幸運能有出版第一本書的機會，在那位老師的陪同之下邀請前輩作家們開一場「出版紀念會」，這樣才會被認定為新人作家。評論家大宅壯一將這種日本近代文壇的特殊慣例稱為「文檀基爾特[93]」。而且有趣的是出版紀念會的會場也在固定的幾個地方，其中最有名的是上野精養軒[94]。太宰治的第一本創作集《晚年》的出版紀念會是在一九三六年（昭和十一年）的七月十一日，舉辦地點就是在上野精養軒。

太宰治去東京後的人生，大小事件接連不斷，宛如身在疾風當中。首先出現了自稱是其國高中與大學學長的共產黨黨員工藤永藏，他說服太宰治支持共產黨。無法拒絕的太宰治承諾提供政治獻金，自此便和危險的非法政治運動扯上關係[95]。

再加上高中時期「私定終身」的藝妓小山初代逃到東京找上太宰治，大哥津島文治深怕六弟的醜聞破壞門風，於是以同意他與初代結婚為條件，和他「分家並斷絕關係」。大學畢不了業，也失去經濟援助的太宰治被逼得走投無路，同年十一月，與銀座咖啡廳好萊塢（Café Hollywood）的女給田邊篤美殉情自殺。

葉藏[96]得知園[97]死了——在被漁船緩緩送回時，他就已經知道了。他在星空下清醒過來，一開口就問：「女人沒有獲救嗎？死了嗎？」（《小丑之花》）

依照作品中的敍述，兩人在鎌倉投海自殺，結果只有太宰治自己被漁船救起。這段描述一直被認為屬實，但是後來的研究指出，兩人在鎌倉的腰越町小動崎海岸服用大量安眠藥才是真相。會造成這樣的誤解，除了是當時的讀者將太宰治的作品當成私小說之外，更大的理由在於其描寫相當逼真。「因為你很會説謊。」姑母的話在某方面確實無誤——太宰治是天生的小説家。

---

93 基爾特（英文的guild）：指中世紀歐洲的同業公會。

94 上野精養軒：一八七六年（明治九年），於東京上野公園內開店，是日本最早期的代表性高級法國料理餐廳。亦是在《森鷗外》（四十九頁）所介紹的「精養軒飯店」的分店。

95 當時的共產主義運動受到政府鎮壓，屬於違法政治運動。

96 葉藏：作品中象徵太宰治自身的人物。《人間失格》的主角亦是。

97 園：作品中象徵田邊篤美的人物。

⋮⋮ ⋮⋮ ⋮⋮

一九三三年（昭和八年），太宰治將短篇小說《魚服記》及《回憶》發表於同人誌《海豹》上。當時就讀於東京帝國大學經濟系的檀一雄※看完這兩篇作品後深深受到感動，兩人也因此成為摯友[98]。這年是正常學生預定畢業的年度[99]。但理所當然要留級的太宰治，裝著一副認真上課的模樣寫信給大哥文治，懇求他再付一年的學費及生活費。之後的每一年，直到一九三五年（昭和十年），太宰治都騙文治說：「今年一定可以畢業。」並拜託大哥寄錢給他。文治相信這位弟弟，繼續給予經濟上的支援。《東京八景》（一九四一年）寫如下。

> 欺騙信任我的人，簡直宛若陷入地獄，痛苦到接近瘋狂。此後的兩年，我一直身在地獄裡。明年一定會畢業的，求求您准許再一年的延期。我向大哥哭訴，卻又背叛了他。第一年是這樣過去，隔年也是一模一樣。（《東京八景》）

一九三五年（昭和十年），對太宰治而言，就像是時時刻刻聽到限時炸彈計時的聲音般的一年；就算太陽從西邊升起，大學也不可能畢業。他也無法再對文治隱瞞事實。職業作家的路又是如此遙遠。同年三月，太宰治暫時放棄做作家的夢，應徵都新聞社[100]，結果沒有被錄取。太宰治得了嚴重憂鬱症，同年三月中旬失蹤。

> 我的死期到了，我這麼想。三月中旬，我一個人去鎌倉。這是昭和十年的事。我在鎌倉山[101]企圖上吊自盡。（《東京八景》）

第三次自殺未遂的一個月之後，太宰治因盲腸炎開刀，但併發腹膜炎一度性命垂危。住院期間，因醫生使用止痛藥Pavinal的關係，太宰治對此成癮。就在即將被絕望的黑暗籠罩之時，太宰治看到希望的曙光——八月，他第一在商業文學雜誌《文藝》上發表的短篇小說《逆行》入圍第一屆芥川賞。

芥川龍之介是太宰治的偶像，他想要得到冠以偶像的姓氏為名的獎項，是很正常的。但太宰治對芥川賞的渴望程度，只能以「執著」來形容。《逆行》落選後，太宰治看了選考委員川端康成所給的選評而忿恨不平，立刻發表一篇《給川端康成》的文章來反駁川端

---

(98) 關於太宰治與檀一雄的友情故事，請看Episode1及Episode2。

(99) 當時所謂「舊學制」的規定，大學不是四年制而是三年制。

(100) 都新聞：是現在的《東京新聞》的前身。本來是一八八四年（明治十七年）創刊的《今日新聞》，從一八八九年（明治二十二年）二月起，改名為《都新聞》。

(101) 鎌倉山：位於神奈川縣鎌倉市的小山。

康成。但隔年，又寫給川端康成及同樣是選考委員的佐藤春夫，一封所謂「懇求芥川賞」的信。在這個時期，太宰治的言行明顯呈現異常。原因多被歸咎為是 Pavinal 成癮所造成的妄想——結論是太宰治與芥川賞就是沒有緣分[102]。

一九三六年（昭和十一年）十月，井伏鱒二等人為了治療太宰治 Pavinal 的成癮問題，讓他住進武藏野醫院。住院以前，太宰治不知道該醫院為精神科醫院。被關在像牢房似的病房，讓太宰治的心靈嚴重受創。同年十一月，太宰治治好 Pavinal 成癮問題並出院。但就在出院後沒多久，太宰治便發現一個很可怕的事實；在他入院期間，他的義弟小館善四郎※跟初代居然發生了「通姦事件」！據山岸外史※《太宰治與武藏野醫院》（一九六二年）中的記載，初代主動告白此事[103]。於是太宰治便陷入無限的苦惱。隔年，一九三七年（昭和十二年）三月，太宰治帶初代去水上溫泉[104]的山中，服下安眠藥自殺未遂。被迫住進精神科醫院的事及初代的事件，成為《HUMAN LOST》（一九三七年）、畢生代表作《人間失格》（一九四八年）等作品的主題。

太宰治的一生中總共四次自殺未遂。他也因此很容易被批評為軟弱的人。但真是如此嗎？譬如初代的「通姦事件」。當時，「通姦」的定義是有夫之婦跟別的男生發生性關係[105]。若丈夫告通姦的妻子，妻子就會被判兩年以下刑役的重罪。太宰治為什麼選擇要與初代一起自殺？而且自殺未遂後才離婚？

討厭太宰治的人嘲笑著說：「所以根本就是假裝自殺嘛！」但我想反問：「太宰治有必要這麼做嗎？從當時的道德標準來看，太宰治沒有告妻子，已經算是對她很好了！為什麼還要帶她去水上溫泉的山中一起吞下安眠藥呢？」

太宰治的行為真的難以理解——一九四一年（昭和十六年）十二月，日本向英美宣戰。在瘋狂的戰爭時期，太宰治反而呈現出很強悍的一面，始終堅決不寫國策小說[106]。《御伽草紙》（一九四五年）是太宰治文學中最為幽默之作，而執筆創作的當下，其實是東京遭受空襲的戰爭末期。太宰治這個人簡直是「矛盾」的綜合體。

他與小山初代離婚後，透過井伏鱒二的介紹與第二任妻子石原美知子再婚，卻與《斜陽》（一九四七年）角色的雛形人物太田靜子生下一子，又與山崎富榮發生關係……太宰治給人的形象是私生活極其混亂。事實上，他有許多朋友，也受到晚輩敬愛，與編輯們關係良好，絕非人格異常，然而他卻寫自己「扮演著小丑[107]的角色」。

---

(102) 這起事件的詳細內容，請看《知名度最高！爭議最多？——芥川賞・直木賞大解析!!》二二五頁—二二八頁。

(103) 也有人說初代本來要隱瞞這件事，太宰治是因為小館善四郎的自白才知道。但此書採用山岸外史的說法。

(104) 水上溫泉：位於群馬縣利根郡的溫泉鄉。

(105) 這個男女不平等的法律，在日本一九四七年十月廢除。

(106) 國策小說：配合國家政策的小說。當時許多作家為了協助國策而書寫讚美日本帝國主義的小說。太宰治雖然沒有清楚主張反戰，但在當時，不協助國策的態度稱得上是十分勇敢的行為。

(107) 小丑：日文為「道化」，是太宰文學的關鍵詞之一。

我幾乎不跟鄰居說話，不知道要說什麼，也不知道要怎麼開口才好。

於是我想到的方法是當個小丑。

那是我對人類的最後一次求愛。雖然我對人感到極度恐懼，卻又好像無論如何都不能放棄人。（《人間失格》）

一九四八年（昭和二十三年）五月，太宰治完成《人間失格》，隔月十三日在大雨中與山崎富榮跳玉川上水[108]自殺——自殺第五次，終於死了。太宰治的書桌上有下列物品——給美知子的遺書、預定給《朝日新聞》連載的小說《GOOD・BYE》的稿子（「第十三回」為止・未完）、給小孩的玩具等。

雖然太宰治和別的女人殉情，留給妻子美知子的遺書上卻寫著：「給美知：我最愛的人就是妳。」最後的最後，其行徑依舊充滿著謎。

太宰治失蹤的消息也被報紙大幅報導，警察連日冒雨搜索玉川上水，終於找到遺體是在一週後的六月十九日早晨——剛好是太宰治滿三十九歲的生日當天。未完的最後作品標題為《GOOD・BYE》（一九四八年）。Good Bye。就像太宰治最後的打招呼一樣。實在太完美！完美到無法判斷這到底是神明的安排？還是惡魔的惡作劇？

——生而為人，我很抱歉。

太宰治真的是「人間失格」嗎？又或是「小丑」面具拿下後的真面目，其實是「人間合格」？這就交由讀者自行判斷。唯一可以確定的是，太宰治過世後近七十年的漫長歲月裡，其留下的作品仍深受許多年輕讀者著迷——這就是「永遠的青春文學」。

※ 檀一雄（一九一二年—一九七六年）：被稱最後的無賴派作家。代表作有《律子 其愛》、《律子 其死》等。

※ 小館善四郎（一九一四年—二〇〇三年）：洋畫家。因為太宰治的四姊嫁給善四郎的大哥貞一，所以善四郎便成為太宰治的姻親，這樣的姻親關係在日本的稱謂上為義弟。

※ 山岸外史（一九〇四年—一九七七年）：評論家。太宰治在《東京八景》中寫，山岸外史是與檀一雄一樣「一輩子的朋友」。代表作有《人間太宰治》等。

⑱ 玉川上水：從東京都羽村市到新宿區四谷大木戶，全長五十公里的水渠。

Episode 1　太宰治的五個女人

太宰治的一生中有五個女人登場——小山初代、田邊篤美、石原美知子、太田靜子、山崎富榮。她們在名為「太宰治」的劇本中，分別扮演著什麼樣的角色呢？

【小山初代】

太宰治從高中時期開始「召藝妓」，由此證明富家少爺就是不一樣。而就是在此時，他認識了小山初代。

一九三〇年（昭和五年）太宰治進入東大，初代為此離鄉來到東京，「主動送上門」要嫁給他。雖說是「私定終身」，但當時不過是高中生的太宰治，對這段感情究竟有多認真則不得而知。

一九三六年（昭和十一年），太宰治為治療Pavinal成癮而住院期間，初代與太宰治的義弟小館善四郎發生「通姦事件」。當時太宰治其實滿疼愛這個小他五歲的義弟。除了常常寫信給他，在一九三五年太宰治跟檀一雄等人一起拍的照片裡，也有小館善四郎。太宰治住院期間，善四郎也因自殺未遂而住進別的醫院。初代有幾次去善四郎那裡探病，而發生了這起事件。

太宰治出院後的一九三六年（昭和十一年）十一月二十六日，寫給鰭崎潤（善四郎的朋友，也有與太宰治交往）的信上提到「關於善四郎的事，承蒙無上照顧，深表感謝」。

這個時候，太宰治應該尚未發現善四郎與初代的事。但四天後的二十九日，太宰治寄了一封謎樣的信給善四郎。沒有前後，突然提到羅馬帝國皇帝尼祿[109]看望著「羅馬大火」的畫面，接著寫：

以咬牙一口還咬牙一口，以一杯牛奶還一杯牛奶。（這不是誰的錯。）

「傷心」。……

不知道太宰治寫這封信的真正意圖是什麼？但能確定的是，初代同意與太宰治一起在水上溫泉鄉服用安眠藥自殺的事。《姥捨》（一九三八年）被認為是將這起事件當作題材的作品。

「沒關係。我可以解決自己。我一開始就有覺悟。真的已經沒關係……」她奇怪的呢喃著。

「那可不行。我知道妳的覺悟是什麼，不是一個人自殺的話，就是自暴自棄地陷入墮落的生活。妳正在想的差不多是這種事吧！不要忘記妳有好父母，也有弟弟。既然知道妳

[109] 尼祿：羅馬帝國第五任皇帝。在位期間西元五四年至六八年。以暴君著稱。

要做什麼，我怎麼可能會袖手旁觀？」嘉七說如此通情達理的話，忽然覺得自己也很想死。

「死吧！我們一起死好了。神明應該也會原諒我們。」（《姥捨》）

初代乖乖地吞下太宰治給她的安眠藥，結果兩個人都沒死，並於一九三七年（昭和十二年）六月離婚。

離婚後，初代先是住在北海道一陣子，之後一個人遠赴中國青島，最後客死異鄉。一九四四年過世，享年三十二歲。

【田邊篤美】

田邊篤美是銀座咖啡廳好萊塢的女給，這是她當女給時使用的名字，本名為田部〆子（シメ子）。太宰治在《東京八景》中的敍述如下：

銀座的酒吧女很喜歡我。每個人的一生中至少會有一段期間異性緣特別好，這真是一段不乾淨的時期——我約她一起在鎌倉跳海。

作品中將「咖啡廳」改為「酒吧」，並把在「海岸」服下安眠藥的事實，寫成在「鎌倉海邊」跳海自殺。太宰治對田邊篤美的敍述多為虛構，兩人實際上的關係如何，仍是個謎團。

【石原美知子】

石原美知子是太宰治的第二任妻子，也曾於山梨縣立都留高等女學校任教，是位才女。二十六歲時，她透過井伏鱒二的介紹與太宰治相親，太宰治一看到美知子就立刻決定與她結婚，正是所謂的「一見鍾情」。

> 我看了這女孩一眼就決定了。即使眼前有些許困難，我就是想和她結婚。（《東京八景》）

兩人於一九三九年（昭和十四年）一月結婚。婚後，太宰治的生活便安定下來，開始專心寫作，這個時期叫做「中期穩定期」。一九四八年（昭和二十三年）太宰治與山崎富榮殉情，留給美知子的遺書上卻寫著：「給美知：我最愛的人就是妳。」一九七八年（昭和五十三年），美知子出版《回想太宰治》，他們的女兒津島祐子也是現代日本文學知名作家。

【太田靜子】

據說太田靜子出身於世家，老家的祖先是九州大名的典醫，她就像是生活在不同世界的人，太宰治才會對其日記深感興趣。

當時太宰治正在構思以世家沒落為主題的《斜陽》，並將靜子的日記[110]當作題材，也有人認為接近靜子的目的根本就是為了得到其日記。兩人自一九四七年（昭和二十二年）開始發生關係，同年十一月靜子生下女兒治子，這位太田治子後來也成為作家。

【山崎富榮】

山崎富榮的職業是美容師，據說是在烏龍麵攤認識了太宰治。對於晚年的太宰治而言，她就有如一人分飾情婦、護士、祕書三個角色的存在。「要不要以必死的決心跟我談戀愛？」當她聽到太宰治這麼問，便決定做他的情婦，這段故事非常有名。過去太宰治不過是自殺未遂，而山崎富榮正是最後與他一起死去的對象，因此像井伏鱒二的《女人心》（一九四九年）等作品裡，便描寫太宰治簡直是被富榮殺死；然而真相至今仍不明。

Episode 2　青春的光芒——「你真的是一位天才！」

作家很難搞，正如村上春樹所說：「認為『自己做的事或自己寫的東西才是對的』的人，就是所謂的作家。」實際上，能稱讚同年代對手的作家極少，更何況稱對方為「天才」……

檀一雄看到同人誌《海豹》上刊載著太宰治的《回憶》與《魚服記》（皆為一九三三年），對其才華深感佩服[111]。一九三三年（昭和八年），檀一雄在古谷綱武的家中第一次見到太宰治。當晚散會後，檀一雄不知為何突然登門造訪太宰治，雖然此舉讓太宰治感到有些驚訝，但仍請檀一雄進到書房。隨後兩人獨處時，檀無法控制衝動地說道：

我覺得你真的是一位天才！希望你寫出更多作品！

那一瞬間，太宰治感到非常害羞，然後鼓起勇氣說：

我會的……

---

[110] 太田靜子的日記被稱為《斜陽日記》，於太宰治過世後出版。

[111] 《回憶》與《魚服記》都收錄在《晚年》。

據說那晚兩人對酌了一公升的酒。太宰治，二十四歲。檀一雄，二十一歲。

太宰治出版第一部作品集《晚年》、檀一雄發表成名作《花筐》，都是在一九三六年（昭和十一年）。

在當時的文壇，他們不過是無名小卒，但是青春的光芒照耀著他們……這是日本文學史上最美麗的友情故事。

Episode 3 跑吧！太宰治——熱海事件

友情的型態很多元；有興趣相投的朋友、有關係互補的朋友，也有不知為何交到的孽緣朋友。對有些人而言，朋友是「競爭對手」的別稱。對某些人而言，「親友好友」的定義，只不過是「可以利用的人」而已。

太宰治與檀一雄成為摯友。雖然太宰治比檀一雄大三歲，但看起來好像檀一雄比較照顧太宰治。但有趣的是檀一雄幫太宰治的忙之後，事情變得更加嚴重!?

根據檀一雄的《小說 太宰治》[112]（一九四九年）的記述，有一天他們與詩人中原中也※一起在居酒屋喝酒的時候，喝醉的中原中也開始找碴糾纏太宰治。太宰治的個性是不能跟別人吵架的。他被中原中也糾纏到快要哭出來，但中原卻不肯罷休地繼續說：「唉！你到底是什麼東西？長得像浮在天空上的青花魚一般[113]！你回答我，你喜歡什麼花呀？」

雖然其行為如同流氓，但不愧為詩人中原中也，就連罵人也要尋問「喜歡的花名」！太宰治露出很害羞的表情，小心翼翼地回答說：「我喜歡……桃花……」中原中也一副輕

(112) 雖然標題寫著「小說」，但這不是內容虛構之意。檀一雄以小說的形式敘述他所認識的太宰治，被認為太宰治研究上的一級資料之一。

(113) 原本日文為「青鯖が空に浮かんだような顔」。中原中也形容太宰臉孔的這句話相當有名。

蔑的模樣說：「扯！你這個傢伙真是的……」據檀一雄所述，接下來有一段時間他不記得究竟發生了什麼事，只記得居酒屋的玻璃門被打得粉碎，場面一片混亂。檀一雄往外面跑出去，站在居酒屋前骯髒巷子的中央，兩手拿著不知從哪裡撿到的一根很粗的棍子，若中原中也還要攻擊太宰治，檀一雄就打算直接砸了他的腦袋。或許是中原中也的直覺告訴他有生命危險，他走不同方向離開居酒屋，於是一位天才詩人沒有頭破血流地死在又臭又髒的巷子裡。話說回來，那時太宰治本人在做什麼呢？他居然毫無義氣地拋棄了檀一雄，早就逃之夭夭……

若太宰治與檀一雄的關係比擬為男女關係，有點像薄情女郎與癡情男人。愛得多的人總是比較吃虧倒楣。

這裡我主要向大家介紹的是所謂「熱海事件」。檀一雄除了《小說 太宰治》外，在散文《熱海行》（一九四九年）等也重覆敍述同樣內容，想必這起事件留給他非常深刻的印象。

一九三六年（昭和十一年）十二月，太宰治的第一任妻子初代突然來找檀一雄，說：「太宰治去熱海[114]工作後都沒有回來，可不可以拜託您帶他回家？」雖然檀一雄被歸類為「最後的無賴派」，但與太宰治不同，他是正常畢業於東京帝國大學經濟系，由此可見他是個有常識且個性謹慎的人。初代之所以決定找他，是因為她認為太宰治的朋友中，檀一雄是比較可以相信的一個吧！檀一雄性格爽快磊落，他一口答應：「好！」接著說：「但我沒有錢。」初代笑著說：「這裡有一筆錢，請您從裡面取用您的交通費。」檀一雄聽了勇氣百倍，立刻動身前往熱海去找太宰治。

熱海是個小城市。到熱海後，檀一雄馬上找到太宰治住宿的旅館。那時大約是太宰治自武藏野醫院出院後差不多一個月的時候。

「檀君，是你哦！」好久沒見的太宰治，看起來比以前稍微胖一點，他很高興地上前去迎接檀一雄。

檀一雄首先把初代委託他的錢交給太宰治，太宰治很淡定地收下錢後，跟檀一雄說：

「我們要不要出去一下？」

「出去哪裡？」

太宰治先帶檀一雄去一家居酒屋喝兩杯，然後奇怪的是居酒屋的老闆也跟著他們一起走，第二個地方是一看就知道很高級的旅館。「這樣的地方可以嗎？」檀一雄忽然感到莫名的不安，但看到太宰治一副若無其事的樣子，也無法再說什麼。他們在旅館裡的餐廳吃天婦羅、喝酒，最後買單時，檀一雄的不祥預感居然成真！金額貴得離譜，初代準備的錢也因此減少了三分之一多。檀一雄偷看太宰治一眼，發現太宰治也面顯蒼白。這麼看來，他應該也是第一次去。

---

(114) 熱海：靜岡縣熱海市。以溫泉為名，被稱為日本三大溫泉之一。以前的作家喜歡住在溫泉旅館裡寫作。川端康成愛去伊豆湯之島，太宰治則是常去熱海。太宰治寫《人間失格》時也住熱海的「起雲閣」。

從那天起，太宰治跟檀一雄兩人開始一起吃喝玩樂。雖然太宰治不說，但檀一雄也已心知肚明，他欠下的債務——包含旅館的住宿費、喝酒、召藝妓等。已經多到就連檀一雄帶來的不少金額也如同杯水車薪，根本不夠還清。原來，太宰治不是不想回去，而是不能回去。

居酒屋的老闆表面上一副相當恭敬的模樣，稱呼太宰治為「老師」；但實則是在監視著太宰治，以防他悄悄逃走。

檀一雄瞭解狀況後，不但沒有生太宰治的氣，更沒有拋下他。檀一雄這位好漢很有義氣，但他這個「就算要下地獄，我也奉陪到底」的個性，卻反而把事情弄成無可挽回的局面。

第三天，本來懶洋洋地躺在旅館房間的太宰治，突然站起來說：「檀君，我去菊池寬那裡看看！明天……最晚後天一定會回來，你可不可以在這裡等我？」

「可以。」檀一雄乾脆地點頭。檀一雄真的很勇敢，因為這個點頭等於是讓自己成為太宰治債主們的人質。喜歡看太宰治作品的讀者，可能已經發現這個狀況與太宰治的某篇作品很像。也就是《跑吧！美樂斯》（一九四〇年）。

《跑吧！美樂斯》的故事大綱如下；聽到暴君迪奧尼斯濫殺無辜的消息，牧羊人美樂斯憤怒之餘，衝動闖入城堡裡企圖殺死國王而遭到逮捕。美樂斯對迪奧尼斯說：「我並非貪生怕死之徒，但唯一的家人，我的妹妹即將結婚，因此求您准許緩期三天，待我回到村莊舉行妹妹的婚禮之後，一定立刻回來並接受處死！」不能相信人心的迪奧尼斯，本來嗤之以鼻；但在美樂斯提到要將自己的摯友塞里努丟斯當作人質後，便故意放他走。國王真正的目的是要證明自己對人性的看法——人都是只考慮自己的利己主義者。美樂斯為了證明這個世界上還是存在著信義，為了拯救塞里努丟斯，克服重重困難，拚命奔跑著……

《跑吧！美樂斯》是太宰治文學中稀有的，既單純又明朗的勵志故事，因此被收錄於日本國中的國語課本裡，成為最膾炙人口的作品之一。雖然太宰治本人寫：「這篇作品的靈感來自希臘神話及席勒※的詩」，但檀一雄指出《跑吧！美樂斯》與「熱海事件」之間有著密切的關係。

正如檀一雄所說，若「熱海事件」是《跑吧！美樂斯》的另一個靈感來源的話，美樂斯的角色是太宰治，塞里努丟斯的角色則是檀一雄。那麼，現實的美樂斯有回來嗎？

一天，兩天，三天……約定的時間早已過去，但太宰治不僅遲遲未歸，還音信杳然。

檀一雄每天在旅館前面的海邊看海。因為他被旅館的人所允許的行動範圍，只有這樣而已。可想而知，他的情緒已跌落谷底。

第五天——據檀一雄所述，感覺有十天之久。居酒屋的老闆終於忍不住找檀一雄說：

「檀先生，這樣下去也不是辦法。我們去找太宰治先生吧！」

已經走頭無路的檀一雄只好答應，先得到旅館老闆的同意，然後在居酒屋老闆的陪同之下返回東京。

檀一雄第一個去的是井伏鱒二的家。因為檀一雄從來沒聽過太宰治與菊池寬熟識，在文壇上太宰治可以依靠、求援的人，只有井伏鱒二及佐藤春夫而已。

檀一雄本來只是想去井伏鱒二那裡尋找可能的線索，卻沒想到太宰治居然就在井伏鱒二的家，而且悠悠哉哉地跟井伏下棋。

「啊，檀君！」

眼見太宰治一副被活逮的狼狽模樣，檀一雄的憤怒瞬間爆發。「喂！你是什麼意思!?這也太過份了吧！」

被檀一雄這麼大聲叫罵，太宰治的手簌簌發抖得厲害，手裡握著的棋子掉落在棋盤上，發出了連續聲響。

「檀君，你怎麼那麼激動？到底發生了什麼事？」井伏鱒二一臉疑惑地問。

居酒屋的老闆一一向井伏鱒二說明事情的來龍去脈，太宰治始終不發一語，頭都抬不起來。

瞭解狀況的井伏鱒二開始跟老闆談判，房間裡只有兩個人時，太宰治對檀一雄說出了經典的一句話。

「等人比較痛苦？還是被人等比較痛苦？[115]」

檀一雄寫著「太宰治的語氣雖然薄弱，卻隱藏著一種尖銳的反擊」。

這起事件，所有人都會認為從頭到尾全都是太宰治的錯吧！事實上，他說的那句話也只不過是喪家之犬的詭辯罷了。但不得不承認它卻是一流的詭辯，真不愧為「題詞及警句的天才」！

聽到那句話的剎那，連檀一雄都不禁感到一種震撼。檀一雄寫這篇文章是「熱海事件」發生的十三年之後，而太宰治已經不在人間。

> 後來看太宰治的傑作《跑吧！美樂斯》，我確信了我們的熱海事件至少成為這篇作品的重要靈感來源。重看那個故事時，我每次都能感受到身為文學者的幸福。所有的憤怒、悔恨及污辱皆被洗滌，一股柔軟的香氣輕輕覆蓋著我醜惡的心。
>
> 「等人比較痛苦？還是被人等比較痛苦？」
>
> 太宰治那時的低聲仍然在我的耳朵裡不停地迴響。（《小說 太宰治》）

友情的型態確實很多元，太宰治與檀一雄的友情到底屬於什麼類型？這個問題我希望讀者各自思考，但不管屬於什麼類型，這兩人的人生曾經快速地交錯，擦出猛烈的火花！當我思考著他們的關係時，腦海裡不自覺浮現「宿命」這兩個字……

※ 中原中也（一九〇七年—一九三七年）：早夭的天才詩人，但以酒品很差出名。代表作有《山羊之歌》等。

※ 弗里德里希・席勒（Friedrich Schiller；一七五九年—一八〇五年）：德國的詩人、劇作家。與歌德齊名的德國文豪。代表作有《歡樂頌》（貝多芬第九號交響曲第四樂章的歌詞）。

(115) 原本日文為「待つ身が辛いかね、待たせる身が辛いかね」

【附錄1】太宰治關係圖

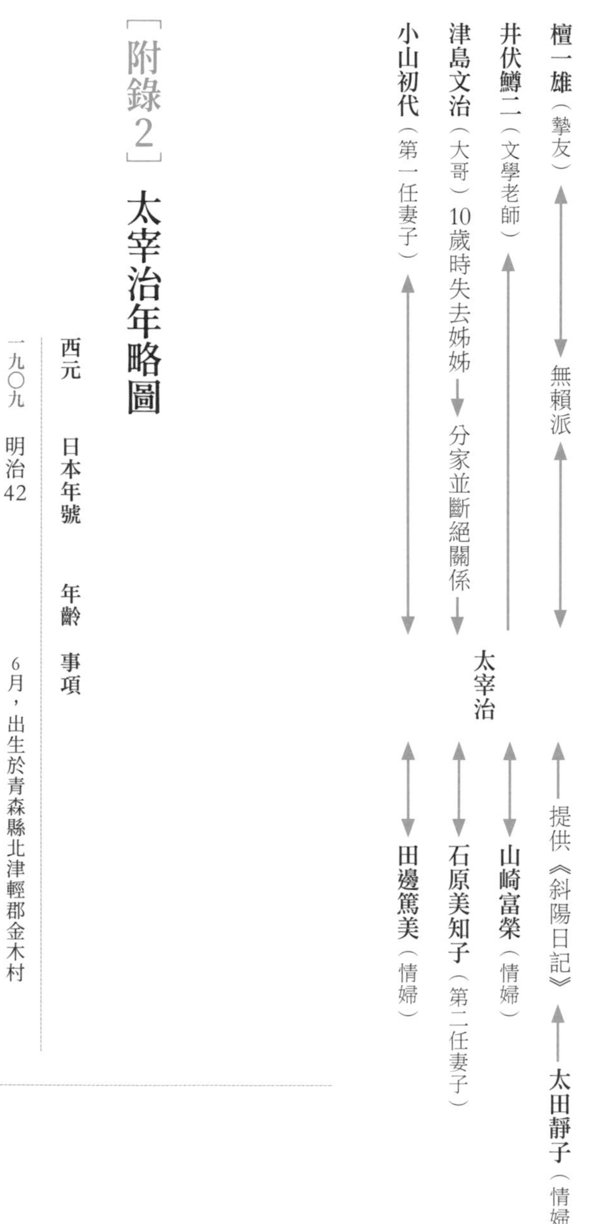

【附錄2】太宰治年略圖

西元	日本年號	年齡	事項
一九〇九	明治42		6月，出生於青森縣北津輕郡金木村
一九二八	昭和3	19	5月，弘前高中在學時，創刊同人誌《細胞文藝》，開始連載《無間奈落》

一九三〇	昭和5	21	4月，東京帝國大學法文系入學 5月，拜井伏鱒二為師 10月，小山初代逃至東京。與田邊篤美殉情自殺，女方死亡 12月，與小山初代結婚
一九三三	昭和8	24	**《魚服記》《回憶》** 認識檀一雄，成為摯友
一九三五	昭和10	26	**《小丑之花》** 8月，提名第一屆芥川賞候補，結果落選
一九三六	昭和11	27	**《晚年》** 10月，為治療藥物成癮，井伏鱒二等人讓太宰治住進武藏野醫院 與小山初代離婚
一九三九	昭和14	30	1月，與石原美知子再婚 **《富嶽百景》《女生徒》**
一九四七	昭和22	38	2月，與太田靜子發生關係 3月，認識山崎富榮 **《斜陽》**
一九四八	昭和23	39	**《人間失格》** 6月13日，與山崎富榮投玉川上水自殺

第七章

三島由紀夫

Yukio Mishima

- 生卒年　一九二五年（大正十四年）—一九七〇年（昭和四十五年），四十五歲
- 出生地　東京
- 派別或主義　戰後派（第二次）
- 代表作　《假面的告白》《憂國》《潮騷》《金閣寺》《豐饒之海》

最後一位天才作家的戲劇性生涯

很長一段時間，我一直堅持說我看過自己出生時的光景。

這是三島由紀夫於一九四九年（昭和二十四年）出版的成名作《假面的告白》開頭的名句。能擁有出生時的記憶，這在醫學上應該不可能，但是從幼年時期就認識三島由紀夫的好友三谷信，在其著作《同學三島由紀夫》（一九八五年）中也提到，三島曾經向學習院[116]初等科的班上同學說過同樣的話。

三島本身應該是如此堅信，身為讀者的我們也會認為：「三島的話，或許是真的……」

三島由紀夫就是這樣的存在。

這位最後的文豪，說他是「天才」再適合不過。

他活得隨心所欲，又看似一切都在他的算計之中。事實上，他或許只是按照劇本完美演出「三島由紀夫」這個角色——也包括那極具衝擊性的死法。

這位「天才」的四十五年生涯……他的劇本到底是誰寫的呢？

[116] 學習院：一八七七年（明治十年）設立於東京的學校，一九八四年後成為宮內省管轄的國立學校，從幼稚園到大學一應俱全專收皇族與華族子弟，戰後的一九四七年（昭和二十二年）改為私立學校。

三島由紀夫的本名是平岡公威，出生於一九二五年（大正十四年）一月十四日。父親平岡梓自東京帝國大學法律系畢業後進入農林省[117]，曾任職水產局局長，是位菁英官僚。母親倭文重是前開成中學[118]校長的女兒。

三島出生後的隔年，年號改為昭和，因此他的足歲年齡與昭和的年數一致。這點與足歲年齡等於明治年數的夏目漱石十分類似。如同漱石是代表明治時期的文豪，三島則是象徵昭和時期的文豪。

這位文豪身為諾貝爾文學獎候選人，也主演過電影，還將自己練得渾身都是肌肉，甚至出版過全裸寫真集，正是時代的寵兒。以下向大家介紹三島由紀夫極具戲劇性的四十五年生平。

⁝⁝ ⁝⁝ ⁝⁝

年幼時的三島與成為作家後的華麗形象不同，身體虛弱，非常內向，除了本身的個性之外，據說還與祖母的養育方式有關。

三島雖然有母親，但出生後沒多久便由祖母夏子撫養，因為夏子相當溺愛這個長孫。夏子出身於華族[119]，其貴族意識也在三島的心中扎根。

父母住在二樓。祖母以在二樓養小孩很危險為由，將出生後才四十九天的我從母親的

懷裡搶走。祖母的病房總是門窗緊閉，病痛與衰老的氣息濃得教人喘不過氣，我的床就在她的病床旁邊，我就是在這樣的環境下長大的。（《假面的告白》）

《假面的告白》雖然是一篇小說，但主角「我」與「祖母」的關係是據現實中三島與夏子的關係所描寫，夏子異常深愛著三島，正如小說中的描述──「從母親的懷裡搶走」。在祖母統治下的三島，如同溫室裡的花朵逐漸成長。

祖母覺得體弱多病的我需要照顧，也擔心我會學壞，禁止我和附近的男孩玩耍。所以，我兒時的玩伴除了女傭和護理士，就只有祖母從附近女孩子中為我挑選的三位。（《假面的告白》）

在這樣的環境下，三島從小就接近閱讀的世界。

(117) 農林省：政府機關，主管農林、畜產、水產業。

(118) 開成中學：一八七一年（明治四年）設立於東京都荒川區的私立菁英學校。除了中學，也有高中。

(119) 華族：《明治憲法》制定的貴族身分，位於皇族之下、士族之上。

三島由紀夫的文學創作開始得非常早，第一次寫小說時年僅十三歲，該短篇小說《酸模》於一九三八年（昭和十三年）登刊在學習院的《輔仁會雜誌》，而此時的三島正就讀學習院中等科。

在學習院，三島遇到了恩師——國語老師清水文雄。清水是知名的中古文學[120]研究者，也是日本古典文學研究雜誌《文藝文化》的主要同人。

第一個將我的小說介紹給校外雜誌的人，就是清水老師。幫我取現在這個筆名，並在日本古典文學方面啟蒙我的人，也是老師。（《我青春漫遊的時代》）

上述提及的「小說」就是有名的《百花怒放的森林》。清水可說是第一個發掘三島罕見才華的人，不但將這篇優美典雅的小說推薦給《文藝文化》，也賦予他「三島由紀夫」這個筆名。一九四一年（昭和十六年）九月，是這位十六歲的天才少年作家三島由紀夫誕生的瞬間。

年僅十六歲的少年寫的小說，居然登刊在學術雜誌上，是一件十分驚人的事，而且這個驚人之舉尚未結束——三年後的一九四四年（昭和十九年）十月，以此篇小說為主的短篇集《百花怒放的森林》由七丈書院正式出版。

然而，一九四四年是太平洋戰爭末期，美軍開始空襲東京。

> 一旦收到徵兵通知就很難再活著回來，為短短二十年的生涯留下紀念的想法，在我心中更加強烈。（《我青春漫遊的時代》）

當時的三島做了必死的覺悟，「為短短二十年的生涯留下紀念」的《百花怒放的森林》，在空襲、檢閱制度[121]、紙張不足[122]的狀況下奇蹟般地出版。在文壇上沒沒無名的新人作家作品，據說首刷四千本在一週內便銷售一空。

---

120 中古文學：西元七九四年至一一九二年左右，橫跨四百年的平安時期文學，也稱作「平安時代文學」。

121 當時的內閣情報局（一九四〇年設立的內閣直屬機關）施行管理人民言論與思想的制度，若沒有經過該機關許可，出版社就無法發行任何書籍。《百花怒放的森林》出版時，絕大多數的出版品都是協助戰爭的內容。詳見《日本復古新語・新鮮事》〈第四章　社會問題・事件篇〔本篇〕〉。

122 當時是物資嚴重不足的時期，所有物資都由國家管理，紙張也由內閣情報局管理，所有出版社與報社必須先向該機關申請許可，才能拿到紙張。

此後沒多久，七丈書院被筑摩書房合併，《百花怒放的森林》成為七丈書院的最後一本書。這家小出版社也以出版三島由紀夫第一部作品而留名於日本近代文學史。

三島在自傳《我青春漫遊的時代》（一九六四年）中寫到《百花怒放的森林》出版時的心情：「什麼時候死，我都了無遺憾。」

結果，三島沒有死。一九四五年（昭和二十年）八月十五日，日本無條件投降。二十歲的三島站在化為一片焦土的東京，迎接「戰後」。

⋮⋮ ⋮⋮ ⋮⋮

三島由紀夫的人生看似一帆風順。

一九四四年（昭和十九年），他以第一名成績畢業於學習院高等科，榮獲昭和天皇※親自頒發的銀鐘，更加深了三島的貴族意識。

接著，三島不是進入學習院大學，而是就讀東京帝國大學法律系。隔年，一九四五年（昭和二十年）二月，他收到軍隊徵召通知，但在體檢時，支氣管炎被誤診為肺結核而免於徵召。同年八月十五日，日本無條件投降。

在太平洋戰爭當中，許多優秀年輕人喪命，但是三島並沒有死。一九四七年（昭和二十二年），他畢業於東京帝國大學，隨後進入大藏省[123]。從東京帝國大學到大藏省，可說是金字塔頂端，也是近代國家日本所鋪設的最強菁英之路。

然而，三島僅待了一年便離開大藏省，毅然決然拋棄菁英之路，走向毫無保障的作家之路。一般人不可能這樣選擇，但如今沒人會說三島的選擇是錯的，因為此後他的人生精彩無比。

一九四九年（昭和二十四年）出版《假面的告白》。這篇小說透過有同性戀傾向的主角「我」的自白來描寫。傳統的私小說，作者都以親身經驗為前提，用「陳述事實」的方式來刺激讀者對作者私生活的好奇。若按對傳統私小說的理解來說，這是作者三島自身的告白，然而標題中卻有「假面」一詞，讓讀者無法輕言論斷究竟是事實還是虛構。這樣真偽莫辨的寫作手法，與傳統的私小說相比截然不同。

總之，在當時描寫這樣的主題，同時又具高度藝術性的文學作品，可說極為少見，引起一大話題。《假面的告白》的成功，使三島一躍成為著名作家。但也因這篇小說而終生擺脫不了同性戀者的形象，他與美輪明宏的關係就是一個具代表性的例子。不過事實上，三島於一九五八年（昭和三十三年）與杉山瑤子結婚，也生了兩個小孩。

一九五一年（昭和二十六年），三島以朝日新聞特派員的身分環遊世界。那個時代的

[123] 大藏省：政府機關，主管財政、通貨、金融。二〇〇一年改稱為「財務省」。

一般人無法出國，更別說環遊世界，這是連作夢都無法想像的特別體驗。這個經歷也成為三島文學生涯中的一大轉機。

> 我從黑洞裡爬出來，第一次看到陽光，出生以來第一次和太陽握手。（中略）我整天曬著太陽，思考著如何改造自己。（《我青春漫遊的時代》）

對三島而言，旅程中印象最深刻的是「太陽的國度」希臘。

> 在這裡，我找到我古典主義傾向的歸結，那就是，「創作美麗的作品」與「成為美麗的人」實乃同一倫理標準，而古希臘人就握有其中關鍵。（《我青春漫遊的時代》）

一九五五年（昭和三十年）左右，三島開始健身，也練起拳擊。這正是「改造自己」與「成為美麗的人」的實踐。原本身體虛弱的三島，從這個時期開始練就一身的肌肉。

說到作家，大家想到的總是體弱多病、皺眉發愁，然而三島的存在大大改變了以往的作家形象。在日本，一般認為精神和身體存在於不同次元，如今精神與身體能共存的作家也少之又少——平時會上健身房鍛鍊身體的作家除了三島以外，大概就只有村上春樹吧！他們兩人都屬於長期撰寫長篇小說的純文學[124]作家，這在日本作家當中是相當稀少的。

※昭和天皇（一九〇一年—一九八九年）：第一百二十四代日本天皇，名叫裕仁，在位期間為一九二六年至一九八九年。

⋮⋮　⋮⋮　⋮⋮

三島由紀夫否定日本傳統的「文士」形象。

「小說家總是一副苦惱代表者的模樣，是一件很奇怪的事。」我是這麼想的。「身為小說家，應該經常露出愉快的表情才對。」（《我青春漫遊的時代》）

三島暗示的「苦惱代表者小說家」就是太宰治。在三島還是個無名文青時，居然當著太宰治的面說：「我討厭太宰治先生的文學。」這是一段有名的軼聞趣事。

確實，三島由紀夫這位小說家看起來總是「心情極好」。

124 純文學：日本小說分為以藝術性、文學性為主的純文學，與以娛樂為主的大眾小說。

運動選手的短髮、秀出肌肉的時髦打扮，站在鏡頭前會像個演員擺起姿勢。不過，「像個演員」的形容其實並不正確，因為一九六〇年（昭和三十五年），他不但在電影《空風野郎》擔綱主角，還演唱自己作詞的主題曲。一九六三年（昭和三十八年），他甚至出版了由藝術攝影師細江英公※拍攝的全裸寫真集《薔薇刑》。

當然，三島還是在文學的世界裡最有成就——多次改編成電影的暢銷書《潮騷》（一九五四年）、在日本文學史上留下輝煌紀錄的長篇傑作《金閣寺》（一九五六年）、短篇代表作《憂國》（一九六〇年）等作品陸續問世；一九六五年（昭和四十年），媒體更報導三島為諾貝爾文學獎候選人。

三島是時代的寵兒，也是人人仰慕的大明星，其人生除了「華麗」外無以形容。然而事實上，他對「戰後」的時代產生強烈的疏離感。

> 戰爭結束已經十七年，但至今對我而言，看似穩固的現實只是暫時的假象，若說這是我天性使然也就罷了，然而在那個時時想著明日可能又因空襲而毀滅的時代，昨日的種種今日已不復見的空襲陰影，十七年來仍無法抹滅。（《我青春漫遊的時代》）

畢生代表作《金閣寺》取材於真實的金閣寺縱火事件，但是作品中反映出三島的內心——太平洋戰爭末期，主角「我」陶醉在與「美」的象徵金閣寺同歸於盡的想像中。然而結果自己並沒有死，金閣寺也沒被燒毀。

> 戰敗對我而言，只能說是絕望的體驗。至今在我的眼裡，仍看得到八月十五日有如火焰般的夏日之光。（《金閣寺》）

如前述，昭和的年數與三島由紀夫的足歲年齡一致——一九四五年（昭和二十年）八月十五日日本戰敗的那天，三島二十歲。他二十年的前半生是日本邁向戰爭之路，而且終至滅亡的過程。

「戰後」三島的人生就算看來華麗，背後卻總是藏著「戰爭時代」的影子。

一九七〇年（昭和四十五年）十一月二十五日，三島帶領「楯之會」[125]的學生闖入市谷陸上自衛隊[126]總監部，呼籲自衛隊崛起，結果失敗。中午十二點十五分，三島切腹自殺，結束生命。

三島為何選擇這樣的結局呢？雖然許多研究者嘗試解開這個謎團，但尚未有定論，也有人說三島發瘋了。但是，三島在闖入自衛隊之前寫完名作《豐饒之海》（一九六五年—一九七一年）第四集的稿子，這不可能是精神錯亂的人能做到的事。

村上春樹初期的代表作《尋羊冒險記》（一九八二年）第一章的標題是「1970/11/25」：

---

[125] 楯之會：三島建立的民兵組織。第二代學生會會長森田必勝與三島一起切腹自殺，這起異常事件轟動了當時的社會。

[126] 自衛隊：一九五四年（昭和二十九年）設立的日本軍事、國防組織。

一九七〇年十一月二十五日，那個奇怪的下午發生的事，至今我仍記憶猶新。（中略）我們穿過森林，走進ＩＣＵ（國際基督教大學）的校園，一如往常坐在交誼廳的椅子上吃著熱狗。正好下午兩點，交誼廳的電視播出三島由紀夫的身影，重複又重複，播放了無數次。（村上春樹《尋羊冒險記》）

雖然尚未找到答案，但無庸置疑的是，一九七〇年十一月二十五日三島由紀夫之死，象徵著一個時代的「某些部分」……

※　細江英公（一九三三年──）：藝術攝影師。二〇一〇年被日本政府選為「文化功勞者」（對於提升文化發展有功績者）。

Episode 1　三島由紀夫與太宰治——「我討厭太宰治先生的文學」

首先，我不喜歡這個人的臉。第二，我不欣賞這個人俗氣的崇洋嗜好。第三，我討厭這個人扮演不適合自己的角色。與女人殉情的小說家應該長得更嚴肅才對。（《小說家的休日時光》）

以上為三島由紀夫的散文《小說家的休日時光》（一九五五年）的一節，「這個人」是指太宰治。據說讀者對於太宰治文學的反應，通常不是「很喜歡」就是「很討厭」，沒有中間。「我不喜歡這個人的臉」在「討厭太宰治」的理由當中應該是數一數二的過分吧！

「我對太宰治文學的厭惡感非常強烈。」三島甚至這麼說。大家可能會以為，難不成是太宰治曾經對三島做過什麼惡劣的事嗎？事實並非如此。相反的，三島自己主動去見太宰治，當面對他口出惡言。

事情是發生在轟動當時社會的太宰治文學代表作《斜陽》（一九四七年）連載剛好結束的時候，也可說是其文學生涯中的巔峰期，三島透過朋友的介紹，參加了太宰治的好友與粉絲聚會。以下敍述來自三島的《我青春漫遊的時代》（一九六四年）。

當時，三島正就讀東京帝國大學[127]法律系，除了已經出版《百花怒放的森林》，還透

[127] 東京帝國大學在一九四七年（昭和二十二年）十月才改稱為東京大學。三島由紀夫在學期間仍然是東京帝國大學。

過川端康成的推薦，在雜誌《人間》發表了短篇小說《香菸》（一九四六年），儘管如此，三島在文壇中仍是個無名小卒。

到了會場，朋友將三島介紹給太宰治，三島於是坐在他對面。按照這種場合的慣例，太宰治要為三島斟酒，就在那瞬間，三島直視太宰治的臉說道：「我討厭太宰治先生的文學。」

太宰治默默看著三島幾秒鐘，忽然移開視線說道：「雖然你這麼說，但你人都來了，事實上還是喜歡我的吧？」

這時候，太宰治應該一笑置之，展現身為大作家的氣度才是。然而有趣的是，太宰治非常有自己的風格，故意說：「還是喜歡我的吧？」話說回來，三島為何那麼討厭太宰治呢？《我青春漫遊的時代》裡這麼寫著：

> 我當然也認同太宰治先生擁有出類拔萃的才華，但打從一開始就讓我產生如此強烈生理反感的作家也實在稀少。這或許與愛憎法則有關，也就是太宰治先生屬於將我最想隱藏的部分特意揭露出來的作家類型。（《我青春漫遊的時代》）

從此可知兩人的共同之處。「對方和自己很像，所以不喜歡他」的確是一種「愛憎法則」。而三島對於太宰治可能是一種「近親憎恨」[128]。但不僅如此，應該還有別的原因。我們要注目的是三島去見太宰治時的衣著打扮。那時三島身上穿的不是簡單和服而是穿著正式和服——「袴」[129]。若是說要著正式服裝，當時身為學生的三島，應該要穿東京帝國大學的制服[130]才對。三島為什麼要特意做正式和服打扮呢？

> 平常沒穿過和服的我，為何特意做這樣的打扮？是因為十足意識到太宰治的存在。若用誇張一點的譬喻，當時我的心態就如同懷裡藏著匕首的恐怖分子一般。（《我青春漫遊的時代》）

「懷裡藏著匕首的恐怖分子。」若是這句話只針對太宰治個人，似乎有些不合常理，畢竟大部份的恐怖份子都有著明確的政治主張。那麼，三島真正要主張的是什麼？他真正敵視的又是什麼？

根據三島的觀察，當天太宰治跟他的粉絲關係如下。

> ……就像互相信任的牧師與信徒的關係一樣，太宰治先生說的一字一句，在場的所有

---

128 近親憎惡：指血緣相近或個性相似的兩人相互憎恨。

129 「袴」是和服的長版褲裙，基本上是男生穿的。但也有像明治時代的女學生那樣，女生為了行動方便而穿的例子。對男生而言，穿「袴」才算正裝。

130 現在日本的大學生很少穿制服，但以前的大學生都會穿，因此一看就知道哪裡的學生。據說，太宰治幾乎都沒有去上課，但外出時很喜歡穿東京帝國大學制服。

人都聽得感動不已，悄悄地將那份感動跟旁邊的人分享，然後再等待太宰治先生的下一句話。（中略）這就是那個時代特有的關係；雖然看起來可憐可悲，但事實上他們充滿自信地認為他們才是「時代病」的代表者……（《我青春漫遊的時代》）

這也是日本近代文學固有的傳統私小說家[131]與讀者的密切關係。在三島的眼裡，太宰治與他的粉絲們象徵著這種舊文學型態。

——我討厭太宰治先生的文學。

這句話讓人感受到三島隱藏在懷中的匕首刀光一閃，同時也是新世代作家對舊世代大作家的宣戰。

但那天太宰治的「信徒」們，可能只會覺得有個不自量力的傻小子混進來罷了。

——雖然你這麼說，但你人都來了，事實上還是喜歡我的吧？

太宰治的信徒們聽了只是笑了笑。這時的他們作夢都沒想到，這個打扮不合時宜的奇怪青年，其實就是後來以新文學炸彈來擊垮傳統舊文學的恐怖分子——三島由紀夫！

Episode 2 三島由紀夫與美輪明宏——「你的缺點就是你不會愛上我」

媒體曾經報導過許多與三島由紀夫傳出緋聞的藝人，而其中最有名的就是美輪明宏。

一九五二年（昭和二十七年），美輪明宏（當時名叫丸山明宏）在東京銀座的香頌（chanson）咖啡廳「銀巴黎」駐唱。這位十七歲的美少年迅速爆紅，為了見他一面而來到店裡的不只一般客人，還有許多藝術家。其中，三島尤其為美輪的美貌著迷，甚至用「天界之美」來讚美他，此後兩人發展成媒體報導的「戀人」關係。一九六八年，美輪演出電影《黑蜥蜴》[132]主角時，三島居然以「活人形」[133]的角色特別演出，與美輪來場吻戲！

然而，美輪在近期的訪問中說道：「我很尊敬三島由紀夫，但我們之間並不是戀愛關係。」據美輪所述，三島曾經對他說：「你這個人的九五％都是優點，有才華，有美貌。

131 詳見〈序章 私小說〉（第六頁）

132 《黑蜥蜴》：原作是日本推理小說泰斗江戶川亂步的驚悚小說《黑蜥蜴》（一九三四年），主角是一名叫做黑蜥蜴的女盜賊。一九六二年改編成舞臺劇，由三島寫劇本。一九六八年再次搬上舞臺劇，三島熱切希望美輪飾演女主角黑蜥蜴，後來此劇成為美輪的代表作，也改編成電影。

133 活人形：黑蜥蜴為了蒐集美麗的東西，將綁架而來的俊男美女製作成的人體標本。

但是你有五％的缺點，就是你不會愛上我。」

某天，三島忽然現身在美輪演唱會的後臺休息室。三島捧著一大把玫瑰花束送給美輪，開玩笑似的說道：「我不會再來嘍！」說完就走了。

據說當天是一九七〇年十一月十八日，正好是「那一天」前一週的事。

第七章

三島由紀夫

Yukio Mishima

[附錄1] 三島由紀夫關係圖

夏子（祖母）→ 養育 → 三島由紀夫
杉山瑤子（妻子）↔ 三島由紀夫
美輪明宏（戀人？）↔ 三島由紀夫

三島由紀夫 → 批評、反彈 → 太宰治（前輩作家）
三島由紀夫 ← 取筆名 ← 清水文雄（恩師）
三島由紀夫 ← 拍攝全裸寫真集 ← 細江英公

[附錄2] 三島由紀夫年略圖

西元	日本年號	年齡	事項
一九二五	大正14		1月，出生於東京市四谷區
一九三一	昭和6	6	4月，學習院初等科入學
一九四一	昭和16	16	9月，《百花怒放的森林》登刊於《文藝文化》，第一次使用筆名三島由紀夫

一九四四	昭和19	19	東京帝國大學法律系入學 第一部作品集《百花怒放的森林》正式出版
一九四九	昭和24	24	**《假面的告白》**
一九五一	昭和26	26	12月，出發環遊世界
一九五二	昭和27	27	5月，回國
一九五四	昭和29	29	**《潮騷》**
一九五六	昭和31	31	**《金閣寺》**
一九五八	昭和33	33	與杉山瑤子結婚
一九六〇	昭和35	35	擔任電影《空風野郎》主角
一九六九	昭和44	44	**《春之雪》**
一九七〇	昭和45	45	11月25日，帶領「楯之會」的學生闖入市谷陸上自衛隊總監部，中午12點15分，切腹自殺

PART 2

文學名臺詞

要說為什麼這幾位作家的文學，
對時代與讀者都造成非常深遠的影響，
其理由可以是他們對美的詮釋、對理念的執著；
對人生的喟嘆，甚至是對人性的期待與失落。
他們在文學中反覆思考、論證，最後則精煉成篇。
甚至，只是一個句子。

夏目漱石

Sōseki Natsume

「宛如將一顆浸在香水的水晶球，悄悄握在掌心裡。」

——《少爺》（一九〇六年）

《少爺》是漱石文學中最幽默且膾炙人口的作品。主角「少爺」是個土生土長的東京人。故事描寫他赴四國松山中學教書後所發生的種種事件。

宛如將一顆浸在香水的水晶球，悄悄握在掌心裡。

這是「少爺」第一次見到 Madonna[134] 時的感想。Madonna 是地方世家遠山家千金的綽號。對於這位千金，漱石雖然沒有具體地描寫其容貌，但是因為這個獨特又巧妙的比喻，讓每個讀者的心目中浮現出她栩栩如生的身影。

「stray sheep（迷途羔羊）——你懂嗎？」

——《三四郎》（一九〇八年）

《三四郎》是漱石的青春文學傑作。

主角小川三四郎出身於熊本縣，就讀東京帝國大學。在東京，他遇到一位都會女性美禰子，深受其自由奔放的特質所吸引。美禰子其實是野野宮宗八的情人，卻總是對三四郎做出謎樣舉動。某天兩人獨處時，美禰子忽然問道：「你知道『迷路的孩子』的英文怎麼說嗎？」三四郎瞬間反應不過來，美禰子於是說：

stray sheep（迷途羔羊）——你懂嗎？

134 Madonna：原意為聖母瑪利亞的肖像或雕像。在日本，由於《少爺》這部作品，Madonn 延伸指夢寐以求的美女。詳見《日本復古新語．新鮮事》〈第五章　外來語篇〔本篇〕Madonna〉。

stray sheep 出現在《新約聖經　馬太福音》十八章十二至十四節，以當時的教育情況來說，對聖經用語朗朗上口的美禰子，作風前衛又擁有豐富的學識。

青春就是「迷惘」。年輕人常常為友情、愛情、未來而感到不知所措。stray sheep，代表的是三四郎？還是美禰子？這是作品中不斷重複出現的關鍵字。

故事的最後，美禰子突然和別人相親結婚——對象不是野野宮宗八，也不是三四郎。她對三四郎說的最後一句話，則是引用《舊約聖經》詩篇第五十一篇：「我知道我的過犯，我的罪常在我面前。」呈現出男女的微妙心理。

對於三四郎而言，美禰子是女神般的象徵，也是個永遠的謎。人之所以忘不了初戀，或許因為它正是個「解不開的謎」吧。

⋮⋮　⋮⋮　⋮⋮

「您要流浪，我會陪您一起流浪。您要我跟您一起死，我也願意。」

——《後來的事》（一九〇九年）

《後來的事》是漱石完成《三四郎》後，接著在《朝日新聞》連載的作品。

某天，主角代助與許久不見的平岡再會。平岡以前在銀行上班，但是因為一些問題而辭職，生活變得十分困頓。代助對平岡的妻子三千代有好感，打算幫助他們夫妻倆，於是又開始與平岡往來——這才知道原來三千代愛的不是平岡，而是代助……

「女人比男人來得強」是漱石文學的特色之一。作品中的男性多為富家子弟，而且並非長男，沒有任何工作，是所謂「高等遊民」[135]。代助即是典型之一。

快到故事的結尾，三千代對代助說了一句話：

您要流浪，我會陪您一起流浪。您要我跟您一起死，我也願意。

當時，法律有「通姦罪」，與他人配偶發生關係是重罪。另一方面，男人外遇則往往能獲得原諒，女人卻被嚴格要求堅守貞操。三千代勇敢宣布，自己能為了代助拋棄一切。那麼代助呢？代助聽到她說的話，不禁「毛骨悚然」……

在當時極為男尊女卑的時代，將男女主角以「本質強悍的女人」和「本質脆弱的男人」描寫得栩栩如生，可說是漱石文學出類拔萃的現代性。

---

[135] 高等遊民：漱石小說中常出現的角色，他們身為高知識分子，卻對社會沒有任何貢獻，其實反映出只有長男受到重視，次男以下被認為是多餘存在的社會結構。

「在死之前，即使只有一個人也好，我想相信人，才能死得瞑目。」

——《心》（一九一四年）

《心》是漱石文學中完整度最高，也是日本近代文學中數一數二的傑作。作品中徹底探討日本近代文學的關鍵字「利己主義」。

敘述者是東京的大學生「我」。「我」為了享受海水浴[136]而來到鎌倉，認識了「老師」。「老師」並非學校教師，但是「我」認為他是人生中的前輩，自然稱之為「老師」。

「老師」是個謎樣人物——沒有工作，與妻子兩人過著寧靜的生活。「我」推測「老師」的過去肯定發生了什麼事。某天，「我」主動表示想知道其過去。接著，「老師」說了這句話：

在死之前，即使只有一個人也好，我想相信人，才能死得瞑目。你能夠當那個人嗎……

原來，「老師」擁有可怕的過去，而且使他變得無法相信人——親戚、朋友、妻子，也包括自己……究竟發生了什麼事？

岩波書店出版《心》時，漱石還親自寫了文案：「如果你想了解真正的自己，我推薦這本書，能洞悉人心。」自古至今，「自己」或許是最難解開的謎團。即使已經歷經百年以上的歲月，《心》仍獲得許多讀者支持，其理由應該就在這裡。

136 海水浴：日本從明治時期開始流行在海邊游泳、嬉戲、享受日光浴等活動，鎌倉就是當時東京人享受海水浴的好去處。

森鷗外

Ōgai Mori

「石頭咻的一聲飛過去，我目不轉睛地望向飛去的方向——一隻原本抬起頭的雁，忽然垂了下去。」

——《雁》（一九一一年－一九一三年）

《雁》是鷗外文學中最為膾炙人口的名作。

故事發生在一八八〇年（明治十三年），當時還保留了江戶時代的傳統風俗習慣。故事敘述者「我」與醫科大學[137]學生岡田，一同寄宿在某個家庭。有散步習慣的岡田，某天見到住在無緣坂[138]的年輕女子。此後每當經過那戶人家，一定能看到窗戶裡的她。漸漸的，兩人會簡單地打招呼，但並沒有交談過。

這個女生叫阿玉，是封建時代的女性，為了貧困的父親，淪為高利貸業者的小老婆。她對岡田一見鍾情，開始想改變自己的命運——走出江戶時代的舊習，變身為明治時期的現代人。她的「自我」開始覺醒。

阿玉終於鼓起勇氣，打算向岡田搭話。然而，老天卻對她惡作劇。那天，寄宿家庭準備的晚餐碰巧是「我」最討厭的「青花魚味噌煮」，於是「我」不吃晚餐，和岡田一起去散步。阿玉看到岡田不是一個人，始終不敢向他搭話。

在不忍池[139]，岡田丟了一顆石頭，意外殺死一隻雁：

石頭咻的一聲飛過去，我目不轉睛地望向飛去的方向——一隻原本抬起頭的雁，忽然垂了下去。

這隻雁的命運象徵著阿玉的人生。毫不知情的岡田，之後便去了德國，兩人從此再也沒見過面——一個女人的悲劇在讀者的心中留下深切的哀愁。

⋮⋮ ⋮⋮ ⋮⋮

137 醫科大學：東京大學醫學部前身。

138 無緣坂：位於東京都文京區湯島四丁目與台東區池之端一丁目界線上的斜坡，往下走就是上野公園西南部的池塘——不忍池。

139 不忍池：位於東京都台東區上野公園西南部的池塘。

「那時，老鷹已經深深沉在水底，在羊齒繁茂處，如鏡子般明亮的水面恢復平靜。」

——《阿部一族》（一九一三年）

《阿部一族》是鷗外的歷史小說中數一數二的傑作。故事描述肥後國[140]的諸侯細川忠利，於寬永十八年（一六四一年）三月病逝。葬禮當天，忠利平時疼愛的兩隻老鷹突然投井自殺。人人都說：「連老鷹都殉死了。」在當時的武士社會，君主過世時，受寵的家臣會跟著切腹自殺，這叫做「殉死」，被視為最忠誠的表現。不過，殉死一定要得到君主的允許。服侍忠利多年的阿部彌一右衛門通信，尚未得到允許，忠利就這麼過世了。阿部一族的悲劇從此開始……

鷗外冷靜分析志願殉死者的心理——若自己沒殉死，一定會蒙受可怕的屈辱，因而不得不殉死。這不僅是武士固有的問題，也是日本民族性的問題。日本人習慣團體行動，但是換個角度來看，也代表了過度在意他人眼光，總是小心翼翼地配合多數人的意志，要不然「一定會蒙受可怕的屈辱」。阿部一族最後慘遭滅族，象徵著武士社會與日本民族的悲劇。

作品中描寫老鷹殉死的畫面非常有名。看到兩隻老鷹跳進井裡，眾人急忙靠近一看：

> 那時，老鷹已經深深沉在水底，在羊齒繁茂處，如鏡子般明亮的水面恢復平靜。

老鷹的行為展現出純粹的忠誠與壯烈，與人類形成強烈對比。

「因為官府做事是不會錯的。」

——《最後的一句》（一九一五年）

鷗外在軍中出人頭地，但是部分作品仍呈現出犀利的批判，可見他並不完全認同這個體制。短篇《最後的一句》即是一例。

故事背景發生在江戶時代的元文三年（一七三八年）十一月，海運業的桂屋[141]太郎兵衛因為在工作上犯了錯而遭捕，並被判死刑（依照現在的法律，太郎兵衛確實違法，但絕非嚴重到被判死刑的程度）。

太郎兵衛的十六歲女兒阿市，帶著弟妹來到「奉行所」[142]為父親求饒，並表示願意代父而死。然而，「奉行」看到阿市寫的陳情書感到十分驚訝——雖是小孩的筆跡，但內容有條有理。因此，「奉行」懷疑阿市一行人的背後，有人想挑戰權威而暗中指使，於是故

140 肥後國：現在的熊本縣。

141 桂屋：日本傳統商店的店名一定是「〇〇屋」，這叫做屋號。江戶以前的老百姓沒有姓氏，只有名字。若對方是商人，就會稱其屋號。

142 奉行所：江戶時代的公家機關，工作內容類似現在的警察與法官。「奉行」就是其長官。

意在擺滿刑具的暗房裡向她訊問。

但是阿市始終保持冷靜，毫無動搖。奉行最後問道：「如果官府准許替死，就會將你們立即處死，連跟父親見最後一面的機會都沒有！那麼你們還願意嗎？」「我願意。」阿市冷冷地回答，接著又補上了一句：

因為官府做事是不會錯的。

在場的所有人聽到這句話都非常驚訝。在當時的封建社會，對官府反抗、批評、諷刺等行為都是重罪。他們作夢都沒想到，年僅十六歲的少女居然說出一句「如冰塊般冰冷，如刀刃般銳利」的話！

《最後的一句》雖然篇幅短，但是勇敢聰明的少女阿市帶給讀者深刻的印象，成為鷗外的代表作之一。

谷崎潤一郎

Jun'ichirō Tanizaki

——《刺青》（一九一〇年）

「你首先會成為我的肥料。」

《刺青》是值得紀念的谷崎文學首部作品！

年輕的刺青師清吉，一直以來有一個心願——把自己的靈魂刺進美女光滑的肌膚裡。不過，普通的美女無法讓他滿足，他一直尋找著對象，直到第四年的某一天，終於找到理想的少女。

清吉用藥迷昏少女後，在她美麗純淨的背上大大地刺了一隻棒絡新婦（鬼臉蜘蛛）。刺青完成後，本來內向的「少女」，就像是變了個人似的，成為自信滿滿的「美女」。「師傅，我索性拋棄了以前那個膽小害怕的自己。」女人接著說道：

你首先會成為我的肥料。

於是，女人將世上所有的男人都當成肥料，獲得一種可怕的「美」。這裡可以清楚看到谷崎文學的核心思想——最美麗的人，擁有最強大的力量。

反成為弱者的清吉，對著居於上位的女人哀求：「拜託妳，在我回去前，再給我看一次那個刺青。」作品中最後一句如下：「女人默默點頭，並脫掉衣服。早晨的陽光剛好照在刺青上，女人的背顯得更加光輝燦爛。」這正是「美」獲得勝利的瞬間！

⋮⋮　⋮⋮　⋮⋮

「與其說你愛我，不如說你愛的只是夢中女人罷了。」

——《祕密》（一九一一年）

《祕密》是理解谷崎文學本質時不可或缺的短篇代表作。

主角「我」為了享受「祕密的樂趣」，每晚男扮女裝外出。某天，「我」在戲院貴賓室看外國電影時，發現與隔壁的漂亮女人曾在二、三年前前往上海的船上相識，對方也看穿「我」男扮女裝。從此，兩人就此展開一段不可思議的戀愛故事。

車夫幾乎每晚都會來迎接「我」，一坐上人力車就用布蒙住「我」的眼睛，然後故意繞路，帶「我」去女人的家。只有在她的家裡可以拿掉布，回家的路上仍必須蒙著眼，因為女人不想讓「我」知道她的住家位置。那麼，為什麼不能讓「我」知道呢？女人說：

若是讓你知道了，我便不再是「夢中女人」。與其說你愛我，不如說你愛的只是夢中女人罷了。

有一次，「我」憑著一瞬間看到的街景為線索，終於找到女人的家。當一切「謎團」與「祕密」都解開了，「我」對她的興趣也頓時消失。正如她的預想，「我」就這樣拋棄了「那個女人」……

谷崎在現實生活中經歷過幾段複雜的戀愛關係。事實上，他眼前的對象，或許不過是有助於他創作栩栩如生的「夢中女人」所需的「肥料」罷了，不禁令人感到文豪的可怕。

⋮⋮　⋮⋮　⋮⋮

「小妹，拜託妳一下！」

——《細雪》（一九四六年—一九四七年）

一定有人會感到疑惑，為什麼這句話是經典名句呢？其實這是谷崎的大作《細雪》開頭的一句話：

「小妹，拜託妳一下！」

幸子看著鏡子中的妙子從走廊走進房內到自己的身後，頭也沒回地把抹到一半的刷子遞給了她。幸子目不轉睛地盯著眼前身穿長襦袢[143]、露出後頸的自己，就像在打量別人一樣。

「小雪在樓下做什麼？」幸子問道。

我是關東出身，便不懂二姊幸子為什麼稱小妹妙子為「こいさん」（小妹）。「こいさん」是「こいとさん」的簡稱，是以前關西人使用的獨特稱呼。「いとさん」是小姐，在前面加上「こ」（小）的「こいとさん」，延伸指小妹或么女。《細雪》從開頭的第一句，便將讀者引進關西上流階層獨特的文化裡。故事中的第一個場景，就是四姊妹的二姊「露出後頸」叫小妹幫忙化妝的畫面，讓讀者宛如在偷窺美麗四姊妹的私生活……

順便提到，《細雪》至今改編為電影三次，每次都是由當紅的美女演員來飾演四姊妹，證明了這篇國民名作的重要性。

[143] 長襦袢：和服內衣的一種。一般而言和服有三層，最裡層直接和皮膚接觸的是「肌襦袢」，上面再穿「長襦袢」，然後穿所謂的「着物」。

芥川龍之介
Ryūnosuke Akutagawa

「說到禪智內供[144]的鼻子，在池尾[145]無人不知。」

——《鼻子》（一九一六年）

《鼻子》是芥川備受漱石稱讚的文壇出道作。開頭第一句如下：

說到禪智內供的鼻子，在池尾無人不知。

禪智內供的鼻子「長約五、六寸，從上嘴唇垂到下巴」，簡直是「一條細細長長、垂吊在臉正中央的香腸」，非常離譜。

《鼻子》改編自《今昔物語集》卷二十八第二十〈池尾禪珍內供鼻語〉。原作不過是描寫一個奇怪人物所引起的滑稽事件，而芥川則用來描寫近代人的心理，也就是「受傷的自尊心」。禪智內供為了找回自尊心，研究什麼角度會讓鼻子看起來比較短，也試著在鼻子上塗抹老鼠尿……做了種種令人心酸的努力，但都不見其效。

某天，他的徒弟從醫生那裡得知「把長鼻子變短的方法」。禪智內供一試之下，鼻子真的變短了！然而，此後事情的進展，卻與禪智內供所預想的完全不同……接下來究竟發生了什麼事，敬請閱讀本作品，內容充滿了對人性的嘲諷與幽默。

⁝⁝ ⁝⁝ ⁝⁝

「什麼都看不到。在黑暗中只有風——一陣冰冷的風吹過來。」

——《六宮公主》（一九二二年）

《六宮公主》《羅生門》和《鼻子》都取材自日本古典文學《今昔物語集》，為芥川作品中「王朝物」的代表作。

平安時代的京都，有一位貴族美少女六宮公主，由於父母相繼過世，生活變得貧困，於是嫁給某個男人。但沒多久男人就赴陸奧國[146]，離開京都。

過了九年，男人終於回來，此時的他已經另娶別人為妻（當時的貴族社會允許一夫多妻），心中卻忘不了六宮公主。男人回到家找她，但是房子已坍塌，公主也下落不明。某

[144] 禪智內供：禪智是僧侶名，內供是內供奉僧的簡稱，意指在宮中道場負責為天皇的健康祈禱的僧侶。

[145] 池尾：位於京都府宇治市。

[146] 陸奧國：青森縣與岩手縣的一部分。

天下雨的傍晚，兩人在朱雀門[147]再會。此時的公主落魄得如乞丐，命在旦夕。一位僧侶剛好路過，勸公主誠心唸經，才能往生極樂世界。公主照做後，眼前突然出現「金蓮華」，但須臾間便消失。於是她說道：

> 什麼都看不到。在黑暗中只有風——一陣冰冷的風吹過來。

原作《今昔物語集》卷十九第五〈六宮　君夫出家語〉中並沒有這段畫面，這是芥川的創作。大多數的現代人都無法想像充滿光明的極樂世界或天堂，死前看到的或許僅是「在黑暗中只有風吹來」的光景。

芥川筆下的「王朝物」，其特色在於藉由古典故事描寫近代人的心理。這位薄命的美麗公主，毫無疑問地就在你我的周圍。

⁝ ⁝ ⁝

「前進！前進！殺光所有的鬼，一隻都不留！」

——《桃太郎》（一九二四年）

芥川的《桃太郎》摘下「日本第一正義英雄桃太郎」的假面具，揭露侵略者的真面目，是一部重要作品。

故事描述愛好和平的鬼突然遭侵略者入侵，他們不知所措，只能逃命。桃太郎與其家臣們追趕著鬼，一路虐殺他們——年輕的鬼被狗咬死、小孩被雉雞的嘴刺死、女孩被猴子凌辱。桃太郎大喊：

前進！前進！殺光所有的鬼，一隻都不留！

這篇作品發表於一九二四年（大正十三年）。芥川冷靜地分析時代狀況——桃太郎其實象徵著日本。當國家要走上錯誤的方向，批評政府是知識分子的責任。在日本開始邁向戰爭之路的這段期間，芥川的存在代表著知識分子的良心。

他因「對未來感到一種莫名的不安」，於一九二七年（昭和二年）七月二十四日自殺——就在日本第一次出兵山東[148]的兩個月後……

---

[147] 朱雀門：平安京宮城南側中央的正門。

[148] 出兵山東：日本內閣總理大臣田中義一，為阻止中國國民革命軍北上，於一九二七年（昭和二年）五月、一九二八年（昭和三年）四月與五月，三次出兵山東省。這些干涉中國內政的軍事行動，導致中國的反日運動愈加激烈。

川端康成

Yasunari Kawabata

「望著那細長如毛泡桐幼樹般的雙腿與雪白裸體，我感到一潭清澈泉水湧上心頭，深深吐了一口氣，koto-koto 地笑了。」

——《伊豆的舞孃》（一九二六年）

《伊豆的舞孃》是川端初期的代表作，至今已經改編為電影六次，可說是川端文學中最膾炙人口的作品。

主角「我」在伊豆旅行，認識了旅藝人一家，並受到其中一位舞孃少女薰所吸引。然而，茶店[149]的老婆婆卻這麼說：「她們只要有客人，在哪裡都可以睡覺。」「我」聽了心裡十分難受。

某次，「我」和薰的哥哥一起泡溫泉。薰與我們隔著一條河，在對岸的共同湯[150]。薰看到他們後，一絲不掛地從浴池跑到更衣室，用力舉高雙手，呼喚他們。

> 望著那細長如毛泡桐幼樹般的雙腿與雪白裸體，我感到一潭清澈泉水湧上心頭，深深吐了一口氣，koto-koto 地笑了。

「我」以為薰十七、八歲，原來不過是年僅十四歲的「小孩」。「我」深為薰純真的美所感動。這裡的「koto-koto 地笑了」十分特別，完全消除掉畫面中世俗的猥褻感，我從來沒有在《伊豆的舞孃》以外的作品看過這樣的形容方式。

吉永小百合、山口百惠等各時期的代表女星，都曾飾演過電影版的薰。這個溫泉鏡頭也是最精彩的場面。但是為了避免這些「清純派偶像」的形象受損，都以極巧妙的方式拍攝。有興趣的人請連同電影版也一起欣賞吧。

⋮⋮ ⋮⋮ ⋮⋮

「她拿出小鏡子照了自己，不出聲地露齒一笑，輕快地從廁所走了出去。」

——《化妝》（一九三二年）

川端寫了許多僅僅幾頁的小說，這些作品又稱為「掌小說」，《化妝》是其中的代表作。作品開頭第一句是：「我家廁所的窗戶，面對著谷中[151]殯儀館的廁所。」「我」進廁

(149) 茶店：在山上或觀光景點，讓遊客可以一邊喝茶吃點心，一邊休息的小店。

(150) 共同湯：不屬於旅館或飯店，由當地人經營管理的公眾浴場。

(151) 谷中：位於東京都台東區，寺院很多的地區。

所時，會看到對面廁所窗戶中的人影，其中多是年輕女性，她們會在廁所裡化妝。「我」曾看到一身黑色喪服的女人塗上濃濃口紅，那模樣「簡直就像滿嘴是血舔著屍體，嚇得我蜷縮起身子」。

某天，「我」看到窗戶中出現一位「十七、八歲的少女」。她不是躲起來化妝，而是「雙肩顫抖」，哭了起來。那股純粹的悲傷，讓我深深感動。但……

> 那時出乎我意料，她拿出小鏡子照了自己，不出聲地露齒一笑，輕快地從廁所走了出去。頓時，我就像被潑了冷水般，驚訝得差點發出叫聲。

緊接著下一句是：「對我而言，這是一個謎樣的笑容。」故事於是唐突結束。

不僅是「我」，對世上所有男人而言，女人就是個永遠的謎吧……

⋯　⋯　⋯

「穿過國境[152]的長長隧道，便是雪國。」

——《雪國》（一九三五年—一九四七年）

穿過國境的長長隧道，便是雪國。

這是著名作品《雪國》開頭極有名的一句話。

主角島村為了見一位叫做駒子的藝妓[153]，來到雪國。火車進入隧道前，尚未下雪；穿過隧道的瞬間，看到一片白皚皚的雪景，彷彿不小心踏進異世界……這個「雪國」到底在哪裡呢？實際上是新潟縣的湯澤溫泉。

「長長隧道」是指清水隧道，全長九千七百零二公尺，位於群馬縣與新潟縣的交界。川端在散文〈《雪國》之旅〉中，提到進入隧道前與穿過隧道後的差別：「尤其是冬天，四周景色為之大變。」一九三四年（昭和九年）六月十三日，川端第一次來到此地。作為女主角駒子原型人物的藝妓，據說真有其人。不過，雖然川端在散文裡寫著「湯澤溫泉」，但是《雪國》中卻從未出現「湯澤溫泉」這四個字。

島村在火車上遇到另一個女主角葉子。葉子擁有「美麗的嗓音，教人聽了心中不由得湧現悲哀」。美麗與哀愁是一種密切的關係，也是川端文學的最大特色，這個特色的精華就在《雪國》之中。

我們隨著島村一同穿過長長隧道，進入現實世界裡並不存在的雪國，接著遇到美麗與哀愁的精靈——駒子與葉子。

---

[152] 國境：上野國（群馬縣）與越後國（新潟縣）的境界。

[153] 藝妓：在當時，尤其是駒子這種鄉下溫泉鄉的藝妓，除了賣藝也要賣身。駒子與島村也是這樣的關係。

太宰治

Osamu Dazai

「富士山和月見草最為相宜。」

——《富嶽百景》（一九三九年）

這是有名到連沒看過《富嶽百景》的人都知道的一句話。

太宰因藥物中毒，被迫住進精神病院。出院後，他與第一任妻子離婚，並透過井伏鱒二的介紹，與石原美知子相親。《富嶽百景》的故事背景正是太宰待在御坂峠[154]的天下茶屋[155]，與美知子相親的這段時期，屬於私小說。

有一天，「我」在公車上偶然看到「一片金黃色的月見草花瓣」。在「我」的眼裡，月見草「堂堂正正地與三千七百七十八公尺的富士山對峙，一動也不動地」站著。

月見草真是好。富士山和月見草最為相宜。

這句話之所以感動了讀者，是因為月見草的小小花瓣隱含了太宰對於人生重新出發的祈禱。

不過，月見草的花色並非黃金色，而是白色或淡紅色，所以有人說太宰實際上看到的不是月見草，而是待宵草。雖不知植物學上是否正確，但是「月見草」比較適合這個畫面。若是用「待宵草」，這句話或許就不會那麼有名了。太宰真不愧是天才型的語言魔術師。

⋮⋮　⋮⋮　⋮⋮

「生下我所愛的人的小孩，並將他扶養長大，這就是在實踐我的道德革命。」

——《斜陽》（一九四七年）

戰後不久，一本暢銷書誕生——《斜陽》！「斜陽族」這個詞因此成為當時的流行語。故事中的敍述者是沒落的貴族女兒和子，其他主要人物還有母親、弟弟直治、已婚小說家上原二郎。母親被稱為「日本最後一位貴婦」。直治崇拜上原，一起過著無賴[156]生活。

⑭ 御坂峠：峠是日本獨創的漢字，指山巔。御坂峠是跨越山梨縣南都留郡富士河口湖町與笛吹市御坂町的山巔。

⑮ 天下茶屋：茶屋是指旅行者可以休息的店，通常會提供茶與簡餐。天下茶屋於昭和九年設立在御坂峠，營業型態雖然不是旅館，但是特別為了太宰提供二樓的房間住宿，現在這間房間成為太宰治文學紀念室。

在戰後的日本，這群人不再是朝陽，而是「斜陽」。沒多久，母親因結核病過世，直治自殺，上原陷入一種「寫什麼都很無聊」的狀態。在這當中，和子懷了上原的私生子。

戰後的日本社會裡，「舊道德」原封不動地留傳下來，和子獨自一人想掀起「道德革命」。她的「道德革命」是什麼呢？

生下我所愛的人的小孩，並將他扶養長大，這就是實踐我的道德革命。

和子的行為充滿著回到創世之初般的純粹力量。斜陽被夜晚吞沒前，閃現一道新光芒，這個故事就此謝幕……

⁝⁝　⁝⁝　⁝⁝

「我喪失了做人的資格。我已經完全不算是個人了。」

——《人間失格》（一九四八年）

只要說到太宰治，一定會想起的超級名作！

太宰不是基督徒，不過他閱讀聖經，部分作品中都可看到他受聖經的影響，其中最明顯的例子就是《人間失格》——如果無條件地相信一個人，會變得怎麼樣？如果完全服從一個人，會變得怎麼樣？

「問神，信任有罪嗎？」個性天真，不懂得懷疑人的內緣[157]妻子良子，被「矮子商人」強暴。「問神，服從有罪嗎？」藥物中毒的主角「我」，受友人「溫柔的微笑」所騙而被迫住進精神病院。如同耶穌遭猶大[158]背叛，被釘在十字架上：

我喪失了做人的資格。我已經完全不算是個人了。

在世上，對他人完全信任、完全服從的人，被奪走了做人的資格。我們活在如此可怕的地獄。太宰賭上自己的人生，將這個事實呈現在我們面前，然後死去……一九四八年（昭和二十三年）五月，他寫完《人間失格》，六月十三日與山崎富榮一起跳水自殺。

---

156 無賴：太宰在戰後文壇被歸類為無賴派。當時的讀者認為上原二郎就是以太宰自身為雛形。

157 內緣：未辦理結婚登記，但生活方式形同夫妻的男女關係。詳見《日本復古新語・新鮮事》〈第一章　風俗・習慣編（本編）友愛婚姻〉

158 猶大：Judas Iscariot。耶穌的門徒。根據《新約聖經》的記載，他為了三十塊銀錢背叛了耶穌。

三島由紀夫

Yukio Mishima

「園子的眼睛和嘴唇光彩耀人。她的美化為我的失落，壓在我的心頭上。」

——《假面的告白》（一九四九年）

《假面的告白》是三島的成名作。雖是虛構小說，但自傳性元素相當強烈。主角「我」認識摯友草野的妹妹園子。沒多久，園子愛上「我」。「我」在精神層面上確實愛著園子，但是對她無法產生性慾，因此十分苦惱。譬如這樣的畫面：

園子的眼睛和嘴唇光彩耀人。她的美化為我的失落，壓在我的心頭上。

在談論《假面的告白》時，總是會強調主角的同性戀傾向，然而事實上，將少女的「美」描寫得如此栩栩如生的作品極少。「我」對女性感受不到性慾，反而使弱不禁風的少女擁有強烈的生命力。與其說《假面的告白》是三島的自傳，不如說是一種文學上的實驗或許更恰當。

「你要來，就先跳過這個火堆！你能跳過它，我就……」

——《潮騷》（一九五四年）

《潮騷》是三島憧憬希臘而寫的純愛故事，也是三島文學中最膾炙人口的一篇。

故事發生在與現代文明隔絕的美麗島歌島（真實名稱為「神島」[159]）。主角是身材有如希臘雕刻般的青年漁夫新治，女主角是美少女海女[160]初江，兩人一見鍾情，互相吸引，不過只在漁夫沒有出海的日子見面。

暴風雨的某日，兩人相約在「觀的哨[161]遺跡」。新治到了之後先起火取暖，等著初江，不知不覺開始打起瞌睡。醒過來時，看到初江脫掉身上的濕衣服，並用火烤乾。兩人隔著火堆面對面。新治想靠近初江，初江卻作勢要逃。新治叫喚她的名字，初江用清脆聲音說道：

---

159 神島：位於三重縣伊勢灣口的小島。三島為了寫《潮騷》，一九五三年三月與八月到神島取材。

160 海女：潛至海裡，以捕獲貝類或海藻維生的女性。

161 觀的哨：也寫成「監的哨」。第二次世界大戰，為確認中彈地點而建立的軍事設施。《潮騷》的故事背景是戰後，因此觀的哨已成廢墟。

你要來，就先跳過這個火堆！你能跳過它，我就……

與川端的《伊豆的舞孃》一樣，《潮騷》也都是由當時最具代表性的偶像演出電影，共計五次。順便一提，一九六四年的版本為吉永小百合，一九七五年的版本為山口百惠，兩人也飾演了《伊豆的舞孃》的女主角初江。

⋮⋮　⋮⋮　⋮⋮

「我一定要燒毀金閣寺！」

——《金閣寺》（一九五六年）

《金閣寺》是三島畢生的代表作，也是日本近代文學中屈指可數的傑作。

故事取材自一九五〇年（昭和二十五年）七月所發生的「金閣寺縱火事件」，事實上反映出三島對於戰後日本社會的一股疏離感。

主角「我」是金閣寺(162)的學僧(163)。時空背景是太平洋戰爭末期，金閣寺隨時會因空襲而被燒毀。「我」陶醉在與「美」的象徵——金閣寺同歸於盡的想像裡。然而，最後「我」並沒有死亡，金閣寺也沒有被燒毀。絕望的「我」在心中產生一個念頭：

我一定要燒毀金閣寺！

這是一個異常的想法，然而讀者卻對這位個性陰鬱又複雜的青年漸漸產生共鳴，最後甚至同仇敵愾，覺得「一定要燒毀金閣寺」。在想像中，我們也不知不覺成為「金閣寺縱火犯」——這就是文學可怕的魔力！

《金閣寺》讓三島由紀夫的名字永遠刻在日本文學史上。

(162) 金閣寺：位於京都市北區，正式名為鹿苑寺，金閣寺是通稱。本來是西園寺公經的別墅，一三九七年室町幕府第三代將軍足利義滿，加蓋了豪華壯麗的金閣等殿宇。

(163) 學僧：在寺院修行，也在學校念書的年輕僧侶。

PART 3

知名度最高！·爭議最多？

芥川賞、直木賞大解析！

「芥川賞」「直木賞」可以說是目前在日本最有名的兩個文學獎項。因此大家應該多少有聽過這兩個獎名。芥川賞、直木賞已經擁有八十多年的歷史。回顧芥川賞、直木賞的歷史就像閱讀另一個日本近現代文學史一樣。在這裡我以「第一部：Q&A」及「第二部：事件簿」的形式，向大家介紹這兩個知名度最高、爭議最多，最具戲劇性的文學獎！

第一部

關於芥川賞、直木賞的Q&A

Q1 芥川賞、直木賞是誰設立的？

A1 菊池寬。

在一九三五年（昭和十年），菊池寬為了紀念好友芥川龍之介及直木三十五※設立的文學獎。一年頒獎兩次，分為上半期及下半期。「芥川賞」「直木賞」其實是簡稱。正式名稱為「芥川龍之介賞」及「直木三十五賞」。

※ 直木三十五（一八九一年—一九三四年）：昭和時代初期的代表性大眾小說家。本名為植村宗一。筆名的「直木」是將姓氏的「植」字解體為兩個字，而他三十一歲時叫「直木三十一」。之後每年改為「三十二」、「三十三」，到「三十五」以後就沒有再增加。代表作有《南國太平記》等。

Q2 芥川賞、直木賞是徵稿的嗎？

A2 不是。

芥川賞、直木賞不是徵稿，而是由「日本文學振興會」針對這半年內已發表於雜誌或已出版的作品，負責從中挑選、進入評選過程，最後予以頒獎，因此一年舉辦兩次。並不一定每次都只有一部作品獲獎；也有同一屆內兩部作品同時獲獎的情形。

Q3 日本文學振興會是獨立的財團法人嗎？

A3 不是。它屬於文藝春秋社。

原來的芥川賞、直木賞，只是在菊池寬設立的出版社文藝春秋裡獨自評選。直到一九三八年菊池寬另外設立財團法人日本文學振興會。但這只是形式上的做法，日本文學振興會的辦公室設在文藝春秋裡，而且該財團法人的理事長與文藝春秋社的社長是同一個人。

Q4 芥川賞與直木賞的差別在哪裡？

A4 芥川賞遴選的對象是純文學，而直木賞則是大眾文學。

這兩個文學獎的差別就是在於芥川龍之介與直木三十五的文學方向。眾所周知，芥川龍之介是代表日本近代文學的文豪之一，因此頒獎給純文學作家。另一方面，直木三十五是以時代小說⑯為名的大眾小說泰斗，所以頒獎的對象是大眾小說家。某一個純文學作家曾在被訪問時，分享了這樣的笑話——有人知道他獲得芥川賞的消息，特意打電話給他說：「恭喜您這次獲得芥川獎！我希望下次你能獲得直木賞！」……

已經得到芥川賞的人，就不可能再入圍直木賞。直木賞得獎作家也不會再被入選芥川賞。但話雖如此，應該入選芥川賞的作家，竟令人意外獲得直木賞；相反地，也有一般公認為是大眾文學的作家卻獲得芥川賞的例子。這些特殊情況，我將在後面再做詳述。

Q5 誰能入圍芥川賞、直木賞？

A5 原來的規定是「無名作家」或「新人作家」。

菊池寬當初設立芥川賞、直木賞時，規定入圍資格為「無名作家」或「新人作家」，也就是說這兩個文學獎是「新人獎」！直到現在，芥川賞仍然是新人作家才能拿到的獎。

因此也有像獲得第一百五十三屆芥川賞的藝人又吉直樹※那樣，發表於《文學界》雜誌的第一個中篇作品[165]《火花》就成功得獎的例子。順便一提，《文學界》是文藝春秋發行的文學雜誌。

換句話說，如果被認為是「新人」的期間內沒有得到的話，以後就再也沒有機會能當所謂「芥川賞作家」。因此，後來成為文豪、大作家的人，也有沒拿到芥川賞的。譬如太宰治、三島由紀夫及村上春樹等……

另一方面，直木賞的狀況有所不同。剛開始的時候，的確是與芥川賞一樣是新人獎。但後來轉變為中堅作家得獎的機率最高。也有年輕時不知什麼原因沒有機會得獎的大作家，像「功勞賞」一般獲得直木賞而引起話題。譬如，宮部美雪是大家公認的當代一流的推理小說家，但五次入圍直木賞，結果卻都落選。直到一九九九年，以《理由》第六次的入圍後，終於獲得第一百二十屆直木賞。

※又吉直樹（一九八〇年——）：吉本興業所屬的搞笑藝人。在芥川賞八十多年的歷史中，又吉的經歷是另類中的另類。代表作有《火花》。

※宮部美雪（一九六〇年——）：除了推理小說外，還有時代小說、奇幻小說及科幻小說等作品，寫作範圍很廣、著作極多的大眾小說家。代表作有《火車》《模仿犯》等。

[164] 若將「時代小說」直接翻成中文的話，應該是「古裝小說」。但當時流行的「時代小說」，內容上比較接近「武俠小說」。

[165] 又吉直樹寫《火花》以前，發表過短篇小說。

Q6 芥川賞是新人獎，那麼「新人」的定義是什麼？

A6 沒有明文規定。有點像是黑箱作業。

為了討論這個問題，我們必須先瞭解芥川賞的評選過程。文藝春秋的編輯們從半年內已發表或出版的作品中選出所謂的「候補作品」（入圍作品）。最後留下的五、六篇作品叫做「最終候補作品」。評選委員由公認為當代一流的作家們所組成[166]，只看「最終候補作品」而已。所以，若文藝春秋的編輯認為你不是「新人」的話，可能連入圍的機會都沒有。另外，每次的得獎作品當然不一定都是文藝春秋所出版的作品；但「最終候補作品」裡從來沒有完全與文藝春秋無關的作品，這樣的狀況也是理所當然的事。事實上，對於芥川賞、直木賞的公平、公正性問題，從以前就不斷被質疑。

太宰治只有一次入圍的經驗，從此再也沒有被提名。三島由紀夫根本連入圍都沒有。從一九四五年至一九四八年的四年間，芥川賞、直木賞都因為進入戰爭末期及戰後的混亂期而沒有舉辦。難道是因為這段期間，三島由紀夫已經出版了三本書（兩本短篇集及一本長篇），感覺已經不是「新人」之故？

村上春樹以《聽風的歌》及《一九七三年的彈珠玩具》兩次入圍芥川賞，結果都落選。村上春樹在散文《身為職業小說家》（二〇一五年）中提到，第二次落選的時候，他的編輯很清楚地告訴他說：「村上先生，您已經玩完了。此後不會再入圍芥川賞」的事實。

村上春樹是以《聽風的歌》獲得講談社主辦的「群像新人獎」而出道的作家。《一九七三年的彈珠玩具》也同樣在《群像》雜誌上發表。所以，說那句話的編輯應該不是文藝春秋的編輯而是講談社的編輯。既然不是文藝春秋的編輯，怎能如此斷定呢？這是一個謎。

事實上，芥川賞本身並沒有「只能幾次入圍」的規定。譬如島田雅彥※從一九八三年至一九八六年的四年總共六次入圍，結果統統落選！島田雅彥是目前「芥川賞最多落選紀錄」的保持者。雖然看起來不是一件很名譽的事，但第一名還是有價值的。因為這個紀錄，島田雅彥反而很出名，後來成為當代代表性作家之一；更有趣的是從二〇一〇年（第一百四十四屆）至今，他居然擔任芥川賞評選委員的事實！其實，連入圍經驗都沒有的三島由紀夫，也曾經擔任一九六六年（第五十五屆）到一九七〇年（第六十三屆）的芥川賞評選委員。

有人入圍兩次就「玩完」，有人可以六次入圍？標準何在？到底是誰決定的呢？——這麼看來，芥川賞好似日本出版界的黑箱一般……

※島田雅彥（一九六一年—）：小說家、法制大學國際文化學部教授。曾經出版過收集自己「芥川賞落選」的所有作品之《島田雅彥芥川賞落選全集》上・下。代表作有《彼岸大師》等。

⑯⑥ **現在（二〇一八年），芥川賞評選委員是十個人，直木賞評選委員則是九個人。**

Q7 年紀最小的得獎者是幾歲？年紀最大的得獎者又是幾歲？

A7 最年輕得獎者是十九歲。最年長得獎者是七十五歲。

芥川賞及直木賞的所有得獎者中，最年輕及最年長的得獎者都是出現在芥川賞。

最年輕的是在二〇〇四年以《欠踹的背影》獲得第一百三十屆芥川賞的綿矢莉莎※。綿矢莉莎在十七歲時，以《Install 未成年載入》得到河出書房新社的「文藝賞」而出道。京都出生的綿矢莉莎，文靜的美少女形象備受媒體矚目，進而引起話題。綿矢莉莎出道時的模樣，好似村上春樹在《1Q84》中描寫的深繪里，她當然不是像深繪里那樣有人代寫，但獲得新人文學獎時的情景卻一樣熱鬧。獲得芥川賞的當時，綿矢莉莎是早稻田大學教育學部二年級的學生，媒體也藉此大肆報導，《欠踹的背影》成為二〇〇四年度的大暢銷書，銷售量超過一百二十萬本！

相對年齡最長的，是在二〇一三年獲得第一百四十八屆芥川賞的黑田夏子※。可能有人會感到疑問說：「芥川賞不是新人獎嗎？怎麼會有這麼老的得獎者？」如上述，雖然「新人」的定義很模糊，但可以確定的，是從出道以後的經歷來算這點。過往，黑田夏子除了同人誌以外，並沒有在商業文學雜誌上發表過作品，直到二〇一二年，她七十四歲時，以《abSANGO》得到「早稻田文學新人獎」才算真正的出道。該作品直接獲選入圍芥川賞，最後順利獲獎。

※綿矢莉莎（一九八四年－）：小說家。代表作有《這樣不是太可憐了嗎？：》等。

※黑田夏子（一九三七年－）：芥川賞得獎感言中的「我還活著的時候能獲獎，真是感激不已」這句話引起話題。代表作有《abSANGO》。

Q8 「芥川賞」、「直木賞」的獎金有多少錢？

A8 目前是一百萬日幣。

芥川賞和直木賞的獎品是一樣的。「正賞」是懷錶，「副賞」是獎金一百萬。

據說諾貝爾文學獎的獎金是大約一億元日幣左右。芥川賞和直木賞當然無法媲美諾貝爾文學獎；但從現在的物價來衡量，一百萬不能說是高額獎金。對作家而言，芥川賞和直木賞應該是名譽上的意義比較大。得獎者以後在作者簡介等資料上肯定會寫：「芥川賞作家某某」或「直木賞作家某某」。

雖然獎金不怎麼樣，但因為有媒體報導的關係，得獎作品經常成為暢銷書。因此，在接受媒體訪問時的談話內容也相對重要。

舉一個最近的例子，二〇一一年，以《苦役列車》獲得第一百四十四屆芥川賞的西村賢太※，有「平成無賴派」之稱的他在記者會當中被問道：「聽到得獎消息時，您在做什麼？」他居然回答說：「本來要去買春的！」實在與一般人對芥川賞作家的高尚文青形象落差太大，這經典的畫面瞬時在網路廣泛流傳，反倒吸引了平常不看文學的人們的目光，結果一炮而紅。

※　西村賢太（一九六七年—）：如今極少數的私小說作家。自稱為大正時代的所謂破滅型私小說作家藤澤清造的「歿後弟子」。代表作有《墓前生活》《寒燈》等。

Q9　最暢銷的芥川賞作品是哪一部？

A9　村上龍的《接近無限透明的藍》。

從暢銷量的角度來看，純文學作品當然比大眾小說不利。但芥川賞得獎作品屬於例外，歷代得獎作品中，目前賣得最多的作品，是在一九七六年，獲得第七十五屆芥川賞的村上龍※所著之《接近無限透明的藍》。它到底賣了多少呢？單行本及文庫本加起來總共超過三百一十萬本！為什麼有單行本與文庫之別？那是因為按照日本出版界的慣例，出版社通常先以定價較貴的單行本形式出版，過一段時間後，將同樣的內容改為較廉價的文庫本再賣一次。

問世已四十多年，《接近無限透明的藍》一直保持在芥川賞作品銷售量第一名的寶座。但有一本書很有可能即將打破這個紀錄！那就是又吉直樹的《火花》。村上龍的《接近無限透明的藍》，單行本只賣了一百三十一萬本，而《火花》單單只靠單行本就已經賣出二百九十九萬本！由於《火花》文庫版是自二〇一七年二月才開賣，因此截至目前尚未有統計結果。相隔四十多年，村上龍終於要將他的寶座讓給又吉直樹了嗎？——這點值得關注。

※村上龍（一九五二年—）：雖然國際知名度沒有村上春樹高，但因為有著出道時期差不多、同姓（沒有血緣關係）及當時受到年輕讀者的支持等共同點，曾經與村上春樹齊名為「W村上」。代表作有《希望之國》等。

Q10 有一般認為是純文學作家卻反而得到直木賞、大眾小說家卻得到芥川賞的例子嗎？

A10 的確有令人感覺陰錯陽差的得獎紀錄。

譬如太宰治的文學老師井伏鱒二，他無論怎麼看都是不折不扣的純文學作家，卻在一九三八年以《約翰萬次郎漂流記》，獲得第六屆直木賞。檀一雄是第二屆芥川賞（一九三五年）及第十七屆芥川賞（一九四三年）兩次入圍，最終皆落選，卻在一九五〇年，以《真說石川五右衛門》《長恨歌》獲得第二十四屆直木賞。不過，純文學作家的他所寫的，獲得直木賞的作品，的確大眾小說的味道較濃厚。這反應了當時出版界的狀況——純文學作家已經不能只靠純文學，為了討生活也要寫大眾小說。

最後的例子是較現代的。一般認為是「孤高的私小說作家」車谷長吉※也在一九九八年以《赤目四十八瀑布殉情未遂》令人意外地獲得第一百十九屆直木賞。

相反的例子是推理小說的泰斗松本清張※，他的第一個作品《西鄉紙幣》入圍第二十五屆直木賞（一九五一年）而後落選，但接著寫《某〈小倉日記〉傳》居然在一九五三年獲得第二十八屆芥川賞！後來松本清張給人的印象是代表昭和時代的大眾流行作家，因此很多人早已忘記他本來是芥川賞作家的這個事實。

※　車谷長吉（一九四五年—二〇一五年）：曾經將身為私小說作家的自己形容為「反時代的毒蟲」。代表作有《鹽壺之匙》等。

※　松本清張（一九〇九年—一九九二年）：所謂「社會派推理小說」的創始者。代表作有《砂之器》、《點與線》等。

第二部 「芥川賞」、「直木賞」事件簿

Episode 1 太宰治「懇求芥川賞」事件！

一九三五年（昭和十年），太宰治入圍第一屆芥川賞。太宰治非常期待獲獎，但結果得獎的是石川達三※的《蒼氓》。太宰治看了刊登在《文藝春秋》雜誌九月號，川端康成對自己的評選評語後，從極度的失望轉為強烈的憤怒。川端康成是這麼寫的「據我瞭解，作者目前的生活被不好的黑雲籠罩……」這段話讓太宰治直覺感到，川端康成暗示的正是自己Pavinal的成癮問題。

太宰治立刻寫了一篇名為《給川端康成》的抗議文，投稿文藝春秋發行的《文藝通信》十月號，文中的用字遣詞有很多太宰治過於偏激的言論，其中一段如下。

> 事實上，我簡直被憤怒的火燄燃燒一般，幾夜難眠。像你養小鳥、欣賞舞蹈的生活⑯⑦就那麼偉大嗎？刺殺，我甚至這麼想。

⑯⑦這裡太宰治諷刺著川端康成的《淺草紅團》（一九二九年—一九三〇年）及《禽獸》（一九三三年）等作品。

「刺殺」。這不是預告殺人嗎？若是現代的話，一定會被報警處理。但真不愧為未來的諾貝爾獎文學獎得主川端康成，極其冷靜地寫了一篇《給太宰治先生》[168]的文章，發表於《文藝通信》十一月號。川端康成很清楚地說明評選過程，並指出當時大家一致看好石川達三的《蒼氓》，也沒有積極推薦太宰治的委員。

> 太宰君可能會說他不知道評選過程，若你不知道，那更不應該做完全沒根據的妄想，也不要亂猜測。

雖然川端康成犀利地教訓了太宰治一番，但他也瞭解太宰治不能接受的，其實是與作品本身無關、「作者目前的生活被不好的黑雲籠罩」那句話，因此也呈現出前輩作家的度量，說：

> 若你認為我的那句話是傲慢的胡言亂語，我會乾脆地撤銷。

川端康成並沒有忽略太宰治有點情緒失控的抗議，也把該說的話都說了。事情應該就此告一段落。但令人意外地，這起事件還有後續，尚未結束。

第一屆芥川賞的評選委員當中，對太宰治作品評價最高的是佐藤春夫。也是透過這件事，太宰治才能認識佐藤春夫，拜他為師。

隔年，一九三六年（昭和十一年）二月五日，太宰治寫了一封懇求芥川賞的信給佐藤春夫。其中一段如下。

佐藤先生，我能依靠的只有您一人。我是知道感恩的人。我寫了好作品。以後一定會寫更多更好的作品。再十年就好，我真的很想活下去。我是個好人。雖然認真努力地生活，但到目前為止一直運氣不好，已經被逼到快要死的地步。若能得到芥川賞，我會因為感激您的恩情而哭泣……

同年三月，第二屆芥川賞的結果公布了。雖然檀一雄以《夕張胡亭塾景觀》入圍，但這次沒有得獎作品。至於太宰治，就連入圍都沒有。

但太宰治沒有徹底失望，也沒有放棄希望。六月二十九日，居然寫一篇很長的信給曾經有過節的川端康成！太宰治完全不顧形象，再次懇求芥川賞。其中一段如下。

……我完全相信您，求求您頒獎給我。（中略）給我一絲希望！只有一次也好，我想讓我的老母及賤內高興一下。求求您給我名譽！……

⑯⑧ 雖然太宰治寫「給川端康成」，但比太宰治大十歲，當時已經是當代一流作家的川端康成卻寫著「太宰治先生」。這點值得注目。

不知是否為Pavinal成癮所造成的妄想，太宰治的言行的確不合乎常理，而且他還真的以為第三屆芥川賞的名譽一定會屬於他的。八月七日，寫給大哥文治的信上提到此事。

……我能獲得芥川賞的事，已經幾乎確定的樣子，最晚也會在九月上旬以前公布……

三天後的八月十日，第三屆芥川賞評選結果公布。這次有兩個作品獲獎，但太宰治又是連入圍都沒有。

一九三六年（昭和十一年）八月是太宰治住進武藏野醫院的兩個月前。根據山岸外史的《太宰治與武藏野醫院》一文，這是Pavinal成癮最嚴重的時期。若一旦出現禁斷症狀，太宰治會像瘋掉似地跑到家裡附近的藥局。老闆知道太宰治的Pavinal成癮已經到極危險的程度，不肯賣給他。於是太宰治開始對老闆苦苦哀求，有時還會跪在地上磕頭！知道這樣做也無效後，態度就會一百八十度改變，突然站起來大吼大叫，種種行為只能以「瘋狂」兩個字來形容。據說，為了買藥，初代的和服幾乎全部典當……

若太宰治順利獲得芥川賞的話，也許他的Pavinal成癮就不會如此惡化，也不至於變成需要住進精神科醫院的程度也說不定。但如果沒有這個經驗，太宰治畢生的代表作《人間失格》還會誕生於世嗎？

——答案當然只有神才會知道……

※ 石川達三（一九〇五年—一九八五年）：小說家。以第一屆芥川賞得主為名。代表作有《活著的士兵》等。

Episode 2 拒絕領獎的文壇孤狼——山本周五郎

在芥川賞、直木賞八十多年的歷史中，拒絕領獎的人只有兩位；第一位是第十一屆芥川賞（一九四〇年）的高木卓※，第二位是第十七屆直木賞（一九四三年）的山本周五郎※。

高木卓後來沒有繼續創作，現在是一位完全被遺忘的作家。相對的，山本周五郎則是逝世五十年，依然受到廣泛讀者的支持，亦有文豪之稱[169]。

山本周五郎的出道作品，是於一九二六年《文藝春秋》四月號所登刊的純文學作品《須磨寺附近》。據木村久邇典※所著之《山本周五郎》，這個時期山本周五郎拜訪了菊池寬，將幾篇作品給菊池寬看。但那時的菊池寬的態度讓他感到失望，也因此變成兩個人之間的一種過節。

[169] 山本周五郎除了被列入新潮社刊出的《文豪NAVI》系列的一本以外，高橋敏夫等編著的《文豪的素顏》中也有一個章節專門介紹他。

山本周五郎後來走向大眾文學路線，以《小說 日本婦道記》獲得第十七屆直木賞的提名時，已經是四十歲的中堅作家。一九四三年（昭和十八年），山本周五郎的「辭退之詞」及評選過程登刊於《文藝春秋》九月號。

山本周五郎的「辭退之詞」，其中一段如下。

據說這次我的作品被選上直木賞，真是感到榮幸。但因為自己沒有要領獎的心情，雖然很失禮，但還是決定請辭。我完全不知道此文學獎的目的為何，但據我瞭解應該須獎給更年輕的人、更新的作品才對……

看起來很謙虛，但換個角度來看，好像呈現出「現在給我菊池寬設立的新人獎？呸！我才不要！」的一種氣概。山本周五郎的個性是日文所謂的「臍曲」[170]，很不喜歡文壇裡的派系及應酬，他從未參加過出版社舉辦的作家聚會等。

總之，山本周五郎的「拒領直木賞事件」，在當時的文壇上引起很大的話題。木村久邇典指出，也有人忠告山本周五郎說：「你這樣抵抗權威的反骨態度，看起來很痛快。但得罪文壇大御所[171]對你的未來有什麼好處？」

但山本周五郎理直氣壯地反駁道：「得罪菊池寬就被冷凍？開什麼玩笑！我根本沒把他放在眼裡。我們作家只要寫作好作品就可以了。讀者一定會支持你。」

作家只要寫作好作品就可以了。讀者一定會支持你。

這句話成為山本周五郎創作的中心思想。爾後，他身為作家的名聲越來越高，像奧野健男※那樣純文學評論家，也對他作品的文學性讚不絕口。雖然多次被提名著名文學獎，但山本周五郎保持一貫的態度，全部請辭，而且每次都說一樣的一句話。

我認為「獎」這個東西，是只有讀者能給我的。

一般而言，山本周五郎的作品被歸類為「時代小說」，但事實上他開拓了新的文學領域。以前的時代小說只是以動作、戀愛為主的類似武俠小說般的小說。山本周五郎的作品裡也出現武士，但他們都是組織裡面的一分子，就像現代的上班族一樣。另外，要特寫的是他創造的所謂「市井物」。這類作品裡不會出現武功高強的武士及仙女般的美女，自然也不會出現華麗痛快的動作或者轟轟烈烈的愛情場面；「市井物」描寫的只是一般老百姓的喜怒哀樂而已，但看完以後心頭就湧上既寧靜又深刻的感動。

大眾小說作家通常在與純文學作家相較之後遭到貶低；但山本周五郎在讀者的熱烈支

(170) 形容性情乖張偏執、不合群的人。

(171) 當時菊池寬的綽號。「大御所」是指在某個業界裡很有勢力、權威的人。

持之下，漸漸形成被稱為「山本周五郎文學」的獨特作品世界。如今，山本周五郎被認為是位破除大眾文學與純文學之間藩籬的偉大作家。

將山本周五郎開創的方向繼續發展的作家有藤澤周平※。藤澤周平是出道很晚的作家。一九七一年，他以《溟之海》獲得文藝春秋主辦的第三十八屆「ALL讀物新人賞」的時候，已經年滿四十三歲。一九七三年，他以《暗殺的年輪》獲得第六十九屆直木賞。雖然出道晚，但他的作品從一開始就有著經過艱難辛苦人生的人才能表現的深度。他們的作品大部分以江戶時代為時代背景，反而能描寫出受到西洋文明影響之前，日本人的原型。也可以說是，擁有種種人生經驗之人才能欣賞的「大人的文學」。

※高木卓（一九〇七年—一九七四年）：明治時代的文豪幸田露伴的姪子。東京大學教授。代表作有《歌與門之盾》（入選芥川賞的作品）等。

※山本周五郎（一九〇三年—一九六七年）：大眾文學界裡唯一有「文豪」之稱的作家。代表作有《紅鬍子診療譚》《天地靜大》等。

※木村久邇典（一九二三年—二〇〇〇年）：原是與山本周五郎關係最親近的編輯，也是山本周五郎的傳記作者。代表作有《素顏的山本周五郎》等。

※奧野健男（一九二六年—一九九七年）：評論家。代表作有《太宰治》《山本周五郎》等。

※藤澤周平（一九二七年—一九九七年）：與山本周五郎齊名的時代小說家。代表作有《蟬時雨》《黃昏清兵衛》等。

Episode 3　直木賞版太宰治!?——野坂昭如

可能很多人看過由吉卜力工作室製作，高畑勳導演的動畫電影《螢火蟲之墓》吧！這是一部據說看完電影後不哭的人是「人間失格」的傑作。原作是第五十八屆直木賞（一九六八年）得獎作品，作者為野坂昭如※。《螢火蟲之墓》是作者野坂昭如以自己的親身經歷為題材的小說。看到這裡，大家的腦海裡浮現的作者形象，跟實際上的野坂昭如可能有點落差……

野坂昭如以《受胎旅行》入圍第五十七屆直木賞卻落選。評選委員之一的川口松太郎※說：「這位作者惡名昭彰到令人懷疑，他真的在追求身為作家的卓越成就嗎？」

當時的野坂昭如除了寫小說，還經常上電視。他總是戴著太陽眼鏡，像個不良叔叔（當時三十七歲）的模樣相當有名，與其稱他為作家，不如說是藝人，他還當歌手出唱片呢（說實話不是很會唱）！而且他的歌名都是像「處女藍調」「被鯊魚吃掉的女孩子」等感覺很不正經的類型。在高尚的文壇人士眼裡，野坂昭如的確是「惡名昭彰」……

但不管怎麼樣，以上都與作品本身無關。這個狀況與太宰治被川端康成指出「Pavinal成癮問題」很像。雖然評選尚未公布，但野坂昭如已經從編輯口中聽見川口松太郎對他的批評。據說，野坂昭如只花六個小時寫完一篇小說，發表於《ALL讀物》雜誌十月號。這就是《螢火蟲之墓》。有趣的是該雜誌同時刊登第五十七屆直木賞的評選過程，內容當然也包括川口松太郎的那句話。

一九六八年一月二十二日，第五十八屆直木賞公布。得主為野坂昭如。而且是直木賞的歷史上極少的，獲得所有評選委員的一致支持，無人表示反對！評選委員水上勉※甚至說：「《螢火蟲之墓》是完美無缺的一篇作品。」

但接著發生了一個事件。按照芥川賞、直木賞的慣例，結果公布的當天晚上，得獎者會在東京都內的飯店召開記者會。但那天為了取材，野坂昭如去了靜岡縣伊豆。記者們跑到野坂昭如投宿的旅館時，旅館的人竟然對他們說：「野坂昭如行蹤不明！」

原來這是野坂昭如的惡作劇。他後來說：「自己平常臉皮厚地上電視什麼的。偶爾有了這樣的時候，不要出現反而比較好。那時我是這麼想的。」

雖然野坂昭如本人這麼說，但若沒有川口松太郎的一句話，他還會這麼惡作劇嗎？因為野坂昭如已經過世，所以這個問題我們永遠無法得到答案。

總之，文學獎這個東西還是「人」為的、「人」選的。別人評價一個作家的一篇作品時，其判斷不是絕對而是相對。評選過程看似客觀，事實上非常主觀。因此文學獎的知名度越高，爭議越多也是理所當然。芥川賞、直木賞擁有八十多年的歷史；得獎也好，沒有得獎也罷，這裡充滿著作家們的喜怒哀樂，甚至還有著恩怨情仇。它如同魔物一般，吸收作家們的所有正負面感情及種種事件，持續成長……。

每年一月及七月，公布新的芥川賞及直木賞結果！

※野坂昭如（一九三〇年—二〇一五年）：小說家、歌手、作詞家、藝人及參議院議員。代表作有《螢火蟲之墓》等。

※川口松太郎（一八九九年—一九八五年）：小說家、劇作家。日本藝術院會員。第一屆直木賞得主。代表作有《鶴八鶴次郎》等。

※水上勉（一九一九年—二〇〇四年）：小說家。代表作有《雁之寺》《飢餓海峽》等。

後記

人，是什麼時候成為「小說家」呢？

真不知道這是神的祝福，還是惡魔的詛咒。

但無論如何，一個人開始寫作第一篇小說的時候，這可能是他人生中最戲劇性的一刻了。

更何況他們是「文豪」。

如今名聲顯赫的日本七大文豪。他們也不是一出生就是文豪。

一個英文教師、一個軍人、一個被學校退學的窮學生、一個養子、一個孤兒、一個是很會說謊的孽子、一個是身體虛弱的貴族。

他們是如何踏出成為文豪的第一步呢？

這就是我寫作《日本近代文豪100年》時的要點。但因為該書的架構是中日文對照的關係，字數有限，最後忍痛割愛的地方其實也不少。

這次以全中文版的形式，將以前無法收錄的軼聞趣事統統補回來，終於成為了「完整版」。有趣的是一個軼事的增減，整篇給人的印象卻大大不同。尤其是「太宰治」一章，或許能帶給讀者更加煥然一新的印象。

除此之外，我重新撰寫介紹「芥川賞．直木賞」八十多年歷史的一章。芥川賞．直木賞是日本最有名的文學獎，但同時也是爭議最多的文壇大事。該獎八十多年的歷史也可以說是迷你版的日本近現代文學史了。

最後，誠懇地表達感謝給我此次機會的讀書共和國郭重興社長及光現出版張維君總編輯。

也衷心感謝在每個月大量出版的新書中，拿起這本書的您。猶如在海灘上拾起一枚貝殼般難得的緣份。

戶田一康

參考文獻（按五十音順序，以「新仮名遣い」表示）

序章

・安藤宏《日本近代小說史》、中央公論社、二〇一五年
・安藤宏《「私」をつくる——近代小說の試み》、岩波書店、二〇一五年
・鈴木登美《語られた自己——日本近代の私小說言說》、岩波書店、二〇〇〇年
・中村光夫《風俗小說論》、新潮社、一九五八年
・平野謙《芸術と実生活》、岩波書店、二〇〇一年
・三好行雄編《別冊國文學・近代文学史必携》、學燈社、一九八七年

第一章　夏目漱石

・《漱石文学全集》全十巻、集英社、一九八二年—一九八三年
・石原千秋《漱石と三人の読者》、講談社、二〇〇四年
・石原千秋《漱石入門》、河出書房新社、二〇一六年
・岩波明〈夏目漱石〉《文豪はみんな、うつ》、幻冬舍、二〇一〇年
・竹盛天雄編《別冊國文學5・夏目漱石必携》、學燈社、一九八〇年

・夏目鏡子述・松岡譲筆録《漱石の思い出》、岩波書店、一九二九年
・夏目伸六《父・夏目漱石》、文藝春秋新社、一九六四年

第二章　森鷗外

・《鷗外全集》全三十八巻、岩波書店、一九七一年—一九七五年
・竹盛天雄編《新潮日本文学アルバム1・森鷗外》、新潮社、一九八五年
・森杏奴《晩年の父》、岩波書店、一九三六年
・森於菟《父親としての森鷗外》、大雅書店、一九五五年
・森茉莉《父の帽子》、筑摩書房、一九五七年

第三章　谷崎潤一郎

・《谷崎潤一郎全集》全三十巻、中央公論社、一九八一年—一九八三年
・笠原伸夫編《新潮日本文　アルバム7・谷崎潤一郎》、新潮社、一九八五年
・佐藤春夫《春夫詩抄》、岩波書店、一九三六年
・谷崎松子《倚松庵の夢》、中央公論社、一九六七年

第四章　芥川龍之介

- 《芥川龍之介全集》全十二巻、岩波書店、一九七七年—一九七八年
- 芥川文〈二十三年ののちに〉《図書》三月号、一九四九年
- 菊池寛〈芥川の事ども〉《文藝春秋》九月号、一九二七年
- 関口安義《芥川龍之介》、岩波書店、一九九五年
- 《広津和郎全集》第十三巻、中央公論社、一九七四年
- 三好行雄編《芥川龍之介必携》、學燈社、一九八一年
- 森梅子〈芥川氏の死の前後〉《週刊朝日》、一九二七年

第五章　川端康成

- 《川端康成全集》全三十五巻・補巻二巻、新潮社、一九八〇年—一九八四年
- 〈川端康成「投函されなかった恋文」〉《文藝春秋》八月号、二〇一四年
- 川端康成《川端康成初恋小説集》、新潮社、二〇一六年
- 保昌正夫編《新潮日本文学アルバム16・川端康成》、新潮社、一九八四年

第六章　太宰治

・《太宰治全集》全十三巻、筑摩書房、一九九八年—一九九九年
・《井伏鱒二自選全集》第四巻、新潮社、一九八六年
・岩波明〈太宰治〉《文豪はみんな、うつ》、幻冬舎、二〇一〇年
・大宅壮一〈文壇ギルドの解体期〉《新潮》十二月号、新潮社、一九二六年
・奥野健男《太宰治》、文藝春秋、一九七二年
・相馬正一編《新潮日本文学アルバム19・太宰治》、新潮社、一九八三年
・檀一雄《小説 太宰治》、六興出版社、一九四九年
・檀一雄《太宰と安吾》、KADOKAWA、二〇一六年
・三好行雄編《別冊國文學7・太宰治必携》、學燈社、一九八〇年
・村上春樹〈小説家は寛容な人種なのか〉《職業としての小説家》、スイッチ・パブリッシング、二〇一五年
・山岸外史〈太宰と武蔵野病院〉《人間太宰治》、筑摩書房、一九六二年

第七章　三島由紀夫

・《三島由紀夫全集》全三十五巻・補巻一巻、新潮社、一九七三年—一九七六年
・磯田光一編《新潮日本文学アルバム20・三島由紀夫》、新潮社、一九八三年
・三島由紀夫《告白——三島由紀夫未公開インタビュー》、講談社、二〇一七年

・三谷信《級友三島由紀夫》、笠間書院、一九八五年
・村上春樹《羊をめぐる冒険》、講談社、一九八二年
・〈三島由紀夫が指摘した美輪明宏の「5%の短所」〉《女性自身》三月号、光文社、二〇一五年

PART 3　知名度最高！・争議最多？——芥川賞・直木賞大解剖！！

・木村久邇典《山本周五郎》上・下、アールズ出版、二〇〇〇年
・新潮文庫編《文豪ナビ 山本周五郎》、新潮社、二〇〇四年
・高橋敏夫《藤沢周平——負を生きる物語》、集英社、二〇〇二年
・高橋敏夫《文豪の素顔——写真で見る人間相関図》、エクスナレッジ、二〇一五年
・野坂昭如《文壇》、文藝春秋、二〇〇五年
・村上春樹〈文学賞について〉《職業としての小説家》、スイッチ・パブリッシング、二〇一五年

Speculari 32

日本文豪一〇〇年

——說作家的怪誕，聊作家的文學！

作者　戶田一康
企畫選書　陳子逸
責任編輯　梁育慈
裝幀設計　楊雅屏
內頁排版　楊雅屏

總編輯　張維君
行銷主任　康耿銘

社長　郭重興
發行人暨出版總監　曾大福
出版　光現出版
信箱　service@bookrep.com.tw

發行　遠足文化事業股份有限公司
地址　231 新北市新店區民權路 108-2 號 9 樓
電話　(02) 2218-1417
傳真　(02) 2218-8057
客服專線　0800-221-029
法律顧問　華洋國際專利商標事務所／蘇文生律師
印刷　成陽印刷股份有限公司

初版　2019 年 1 月 23 日
定價　350 元
ISBN　978-986-96974-7-7

Printed in Taiwan

國家圖書館出版品預行編目資料

日本文豪一〇〇年 / 戶田一康作 .
初版 . -- 新北市 : 光現 , 2019.1

面 ; 公分

ISBN 978-986-96974-7-7(平裝)

861.37 107020293

Freedom is always and exclusively freedom for the one who thinks differently.

SPECULARI

Freedom is always and exclusively freedom

for the one who thinks differently.

SPECULARI